L-Intervista

1

Hekk kif l-għabex kien qed jinxtered fuq l-orizzont, ħriġt 'il barra.

Xgħelt il-GPS biex nikkordina d-direzzjonijiet u f'kemm ilni ngħidlek soqt lejn id-destinazzjoni tiegħi.

Jisimni Evan Gramer, u fejn tidħol kitba, tista' tqisni "Jack of all Trades". Apparti li naħdem għal rasi bħala awtur, għandi xogħol ukoll ta' editur ma' min jikri s-servizzi tiegħi, kif ukoll mill-inqas darba f'xahar nagħmel xogħol ta' intervisti għal rivista popolari The Voice.

U dan tal-aħħar li tefa' iżjed dawl fuq il-karriera tiegħi.

Nibda billi ngħid li l-intervisti li nagħmel mhumiex dawk li jitqiesu n-norma - aktar ma jkolli intervisti skabrużi, aktar il-qarrejja jkunu għatxana għalihom. Ma nafx jemmnux dak kollu li nikteb, imma r-rispons dejjem ikun pożittiv ħafna. U fl-aħħar tal-ġurnata dan biss jimportani minnu.

Qabel ma dan l-irwol ġie fdat f'idejja, din ir-rokna kienet f'idejn eks kollega tiegħi li kien jintervista nies li faċli tinsa. Ir-rokna kienet tedjanti u traqqdek, għalhekk iddeċidew li jibdlulha l-formula tagħha. Lill-kollega tiegħi tawh irwol ieħor - għax ma qabilx mal-formula - filwaqt li avviċinawni minnufih.

Ma qagħdux iduruli mal-lewża.

'Irriduk tintervista nies partikulari,' kien qalli Lloyd Sinclair, editur ġenerali u bniedem minn tagħna.

'Partikulari f'liema sens?' niftakarni nsaqsih kurjuż.

'Fis-sens li meta taqra l-artiklu tibqa' tħammem fuq dak li qalu. Għaldaqstant irridu nies li huma ftit biżarri...'

Rani nġebbed għajnejja.

'Qed nisthajlek tgħidli x'għandi f'moħħi?'

'Le lanqas xejn,' xengilt rasi. 'Ġa fhimtek xi trid tgħid biha. Anzi, irrid inserraħlek rasek li l-affari qed tinteressani u ppreparat biex nidħol għaliha. Kemm tgħidli biss jekk għandekx ġa nies f'moħħok?'

Lloyd minnufih tani lista.

Tajtha daqqa t'għajn.

'Nissoponi li dawn ismijiet anonimi?'

Lloyd mejjel rasu.

'X'tip ta' każi hemm relatati magħhom? Kemm nieħu idea.'

'Nista' ngħid li hemm sitwazzjonijiet ta' abbużi li għall-ewwel jidhru skabrużi imma mhux bilfors ixellfu l-liġi.'

'Kriminali mhux uffiċjali.'

'Tista' tpoġġiha hekk.'

'Oħrajn inzertaw fiċ-ċentru ta' sitwazzjonijiet li baqgħu inspjegabbli.'

'Inspjegabbli?'

'Taf int, misteri mhux solvuti.'

'Qed nitkellmu spirti u iħirsa?'

'Fuq dik il-linja,' approva Lloyd.

Kemmixt xofftejja.

'Hemm xi problema?'

'Għax il-paranormali aktar narah xi ħaġa ta' żmien in-nanniet. Biż-żminijiet moderni li qed ngħixu fihom dan nikkonsidrah suġġett antik.'

'In-nies li se tiltaqa' magħhom għandhom stejjer interessanti x'jirrakkontaw. Afdani meta ngħidlek li mhux se taħli ħinek.'

Rajtu jagħmel tbissima - tbissima enigmatika.

'Nibqa' fuq kliemek mela.'

Mejjilt rasi, u ssiġillajt il-patt li nibda nieħu ħsieb jien.

Wara siegħa nsuq l-ambjent ta' madwari nħakem minn dalma kbira. Skont it-temp kienet riesqa maltempata. L-arja kienet ġa tinħass tqila bil-ksieħ u minn mument għall-ieħor kont qed nistenna li tibda tqattar ix-xita.

Qabbadt il-mowbajl biex jiċċarġja mal-karozza u ħallejt id-diski ta' fuqu għaddejjin. Kelli lista kont ilni nużaha fuq sena sewwa; ħafna minnhom nismagħhom kważi kuljum. F'xi mument irrid inżid xi ġodda.

Ikkalkulajt li bil-veloċità li kont għaddej biha kelli nasal ftit aktar minn sagħtejn oħra.

Fuq il-GPS tela' sinjal biex javżani li wasal il-mument li nbiddel pożizzjoni.

Dort lejn triq fil-ġenb u nqlajt mill-highway.

Tajt daqqa t'għajn lejn l-inħawi.

Kont ġa qed inħossni qisni se ninqata' mill-istorbju tad-dinja.

2

Fis-siegħa li kien fadal soqt f'post li ngħid id-dritt qatt ma kont fih qabel. Il-highway nammetti li kont nużaha ta' spiss imma qatt ma ġejt f'dawn il-partijiet. Tifhmuni meta ngħidilkom li minnha joħorġu bosta toroq li Alla biss jaf lejn fejn jibagħtu. Jien u nsuq rajt is-soltu rħula żgħar mifruxin 'l hemm u 'l hawn sal-punt li dawn naqsu għal ftit djar... u dawn inqatgħu kollha ħesrem sakemm sibt ruħi qalb il-kampanja.

Peress li kienet żona pjuttost abbandunata lanqas indenjaw ruħhom iżommu ftit arbli tad-dawl eretti. Spiċċajt biex l-aħħar parti tal-vjaġġ għamiltha litteralment ġo dlam ċappa. Hawnhekk stajt toqtol u tidfen raħal sħiħ u ħadd ma jinduna.

Minkejja li ma kellix bżonn, ittamajt li nara xi stazzjon tal-gass xi mkien, bl-intenzjoni li għat-triq lura nieqaf nixtri xi affarijiet tal-ikel. Il-karozza kellha biżżejjed diesel u kont biħsiebni nerġa' nagħtiha l-fuel lejn tmiem il-ġimgħa.

Xejn.

Baħħ assolut.

L-istejjer tal-waħx minn postijiet simili ta' dawn kapaċi joħorġu.

Komplejt insegwi l-mużika għax inkella kont nispiċċa f'monotonija ta' silenzju. Mhux li kont xi ammiratur tal-istorbju; fil-fatt xogħli kien jitlob ħafna kwiet biex inkun nista' nikteb u norganizza l-ħsibijiet tiegħi.

Biex ma ntawwalx wasalt fid-destinazzjoni. Il-GPS għamel xogħlu, imma propjament skoprejt li wasalt għax rajt dawl inemnem... u kien fil-għoli - preċiżament fuq dik li dehret bħala għolja.

L-unika dawl f'mili ta' oskurità.

Qbadt it-triq biex nitla' 'l fuq. It-triq kienet imserrpa waħda u sewwa. Jien u tiela' fid-dawl tal-fanali rajt medda bla qies ta' siġar fuq kull naħa - siġar li fis-silenzju tagħhom dehru iżjed grotteski. Ħassejthom jgħassuni; mhux kuntenti bil-preżenza tiegħi.

Nammetti, kien qisu wieħed minn dawk il-postijiet fi ħrejjef imsaħħra fejn in-nuqqas ta' bnedmin kien mimli b'natura maġika, ħajja... u possibilment perikoluża.

Tbissimt jien u naħseb f'dawn l-affarijiet.

Soqt safejn kienet tippermetti t-triq. Sadanittant il-villa maestuża xirfet minn qalb is-siġar u osservatni fid-dlam tagħha. Imkien ġo fiha ma kien jidher mixgħul. Żort diversi vilel f'ħajti, anke billejl, għalhekk ma tantx impressjonatni. Dawn l-affarijiet ma kinux inissluli biża' jew stagħġib... imma ċerta għira.

Sidha jgħum fil-flus...

Sibt ma' wiċċi rixtellu tal-ħadid imdawwar parzjalment bil-friegħi ta' żewġ mixtliet li kienu tħawlu hemm. Ir-rixtellu minnu nnifsu kien jidher antik u ra bosta staġuni... jekk mhux snin ukoll. Kien hemm fanal tal-ħadid maġenbu - li bħar-rixtellu deher li kellu ruħu fi snienu - li minnu kien ħiereġ id-dawl li rajt mill-bogħod.

Daqsxejn ta' dawl.

Imma meta tikkonsidra d-dlam kollu t'hemm barra, anke ftila mkebbsa tidher bħala l-iżjed ħaġa ċara.

Kont se noħroġ mill-karozza biex nara jekk kienx hemm xi qanpiena imma minn kif innutajt, il-preżenza tiegħi kienet ġa ġiet osservata. Insomma, kienet tkun vera diffiċli ma tindunax bid-dawl qawwi tal-fanali ġo dak id-dlam kollu.

Ir-rixtellu nfetaħ u għall-ewwel ħsibt li kien awtomatiku, sakemm għaraft li warajh kien hemm raġel, li jkolli ngħid kien liebes vera eleganti. Minnufih skoprejt li ħwejġu u ġildu kienu skuri.

Soqt 'il ġewwa u ħallejtu jagħlaq warajja.

Mir-rixtellu kien hemm passaġġ qasir li jagħti dritt għal quddiem il-villa. Eżatt quddiemha, kienet tilqgħek roundabout żgħira forma ta' ċirku li suppost kienet tgħin biex il-vetturi jkunu jistgħu jitħarrku mingħajr xkiel. F'nofs ir-roundabout, kien hemm statwa luminuża tal-ġebel f'forma ta' anġlu b'idejh miftuħin beraħ. F'id minnhom - miżmum bejn is-swaba' mnaqqrin miż-żmien - kien hemm oġġett mhux identifikabbli, u fl-oħra qisu torċ li minnu kien ħiereġ l-ilma li waqa' b'eleganza ġol-baċin maġenb is-saqajn tal-anġlu.

Għamilt wiċċi u pparkjajt quddiem il-bieb prinċipali. Id-dlam kien kważi palpabbli, idur miegħi qisu marda li ma tafx tmiem. Ħriġt il-mowbajl mill-but u żerżaqt sebgħi fuq l-iskrin tiegħu biex nixgħel it-torċ. Ir-raġel li fetaħli r-rixtellu Alla m'għamlu.

'Is-Sur Gramer nippresumi?' qaltli vuċi minn warajja.

X'fatta nqtajt minn ġewwa!

Meta ġejt biex nipparkja naħlef li ma kienx hemm proxxmu jistennieni mal-bieb. Jerġa' r-raġel li fetaħli kien ikun impossibbli għalih li jiġi min-naħa tal-bieb f'ħin daqshekk qasir.

Il-vuċi kienet ta' raġel skur ieħor bl-istess dehra eleganti u raffinata bħal dak li kien responsabbli mar-rixtellu. Wiċċu, madanakollu, ma kienx jaqbel mal-imġiba ċivilizzata tiegħu. Niexef, b'ġilda pallida u xufftejn imġebbdin, id-diqa kienet evidenti fuqu.

Il-ħwejjeġ u l-użanzi fakkruni f'ikliet gala li l-aristokratiċi u s-sinjuruni kienu jħobbu jagħmlu fil-bidu tas-seklu 21, li ġegħelni naħseb li dan il-bniedem hu antik daqs il-villa nnifisha.

'Jien hu,' għedtlu npoġġi l-bagalja ma' spallti x-xellugija u neħodlu b'idi l-leminija. 'Tajjeb jekk inħalli l-karozza hawnhekk?'

Mhux li kelli għalfejn nistaqsih imma l-etika hekk talbitni nagħmel.

'Mhi problema ta' xejn Sur Gramer. Jekk jogħġbok ħa nġorrlok il-bagalja?'

Malajr xengilt rasi.

'Le le... m'hemmx għalfejn. Grazzi xorta.'

'Tajjeb wisq, minnek jonqos. Mela tridx tiġi waħda warajja? Is-Sinjur tiegħi qed jistenniek.'

'Grazzi ħafna,' għedtlu, u erġajt ħarist waħda malajr lejn il-faċċata tal-villa.

M'għandniex xi ngħidu: il-post daqskemm kien spettakolarment sabiħ fil-binja grotteska tiegħu kellu wkoll element ta' waħx imkeffen fid-dlam.

Qabel dħalna ħassejt li dan il-post kien miżgħud b'misteri li probabbli aħjar jibqgħu hekk.

3

Mill-ftit li stajt nara, il-villa kienet tassew lussuża minn ġewwa. L-intrata kienet mogħnija b'għamara antika tiswa l-eluf... jekk mhux miljuni. Din il-ħaġa saħħritni għax minkejja li kont bniedem modern, kelli għal qalbi dawn l-affarijiet li donnu l-ħin qatt ma kellu dritt fuqhom.

Innutajt li s-sid ma tantx kien jaħmel id-dawl. Qed ngħid hekk għax ma rajt bozoz imkien. Is-seftur li ġie jilqagħni donnu kien imdorri f'dak id-dlam għax minn barra sal-bieb mexa awtomatikament qisu qed jara ċar daqslikieku kien bi nhar. L-unika dawl offrut kien minn għadd ta' xemgħat imqegħdin fuq tili mal-ħitan. Id-dawl ma kienx iħallik tara aktar minn fejn kien mifrux. L-intrata stajt nara minnha biss il-porzjon żgħir fid-dijametru li kont fih. Ħassejtni qisni qed nerġa' ngħix f'dawk iż-żminijiet antiki fejn kienu għadhom ma jafux b'elettriku.

Ħaġa oħra li osservajt kienet li x-xemgħat mixgħulin kienu dawk biss neċessarji biex jiggwidawni; fejn ma ridtx ngħaddi kien kollox mitfi.

Kienet qisha speċi ta' logħba fejn kelli nimxi wara l-fdalijiet tal-ikel.

Mill-intrata mxejt tul kuritur twil. Aħna u sejrin ġo fih tajt ħarsa madwari.

Mal-ħajt fuq ix-xellug tiegħi kien hemm għadd ġmielu ta' pitturi. Fid-dawl tax-xemgħat stajt nara bi sforz is-suġġetti li kienu qed jippreżentaw: qtajja' ta' nies f'sitwazzjonijiet regolari fil-ħajja ta' kuljum. Minn ħwejjiġhom u l-ambjent li kienu jgħixu fih, wieħed kien kapaċi jiddistingwi mitt sena x'differenza tagħmel. Il-pittur - jew pitturi - li għamilhom kien jinħass li għex tassew f'dak iż-żmien u b'sengħa liema bħala immortalizza lil dawn (l-imsejkna?) fil-faqar tagħhom.

Id-dellijiet maħluqa mill-ilsna tan-nar żiedu dik id-doża ta' makabrità u diqa li kien hemm ġa fuq il-karattri.

Fuq il-lemin tiegħi l-ħajt kellu tieqa kull ftit passi, juru f'intervalli qosra, il-baħħ li kont fih ftit minuti ilu.

Bqajna mexjin u s-serv lanqas darba ma ħares lura lejja. Naħlef li kieku waqaft ma kienx jinduna.

Fettilli ngħid xi ħaġa biex nikser din il-monotonija.

'Is-Sinjur tiegħek jidher li jħobb l-arti.'

'Huwa dilettant,' qalli xott kemm jista' jkun.

U ma tantx iħobb id-dawl. Xtaqt ngħidlu imma żammejtha għalija.

Is-serv waqaf f'kolp.

'Is-Sinjur ordnali biex ngħidlek tieqaf ftit hawn sakemm nirranġaw il-kamra.'

Din qalha bla ma ħares lejja.

'Mingħalija kien lest biex jilqagħni?'

'Hu lest, imma l-kamra mhix,' qalli b'mod enigmatiku.

Kif?

Dawn it-teatrini ma kinux tas-soltu imma ddeċidejt li nagħlaq għajn waħda.

'Orrajt mela, ara kif jaqbel lilkom.'

'Grazzi tal-paċenzja Sur Gramer, daqt miegħek.'

Kien hemm bieb tefgħa ta' ġebla 'l bogħod minna li sparixxa warajh.

Sadattant erġajt ħarist lura biex nifli l-kuritur. Fettilli nħares lejn il-pitturi. It-tnejn l-eqreb lejja kienu juru żewġ xeni differenti: grupp ta' tfal jilagħbu l-boċċi fi triq maħmuġa u żdingata ta' raħal mhux magħruf; tifel u tifla libsin pulit fil-kampanja bilqiegħda fuq il-ħaxix u basket fejnhom qishom kienu qed jagħmlu piknik.

Il-pitturi kienu pjuttost sempliċi fin-natura tagħhom imma dettall żgħir fuq kull wieħed kien jiġbed l-attenzjoni kollha fuqu u jġegħlek toqgħod teżaminah.

Kull pittura kellha karattru wieħed iħares direttament lejn l-osservatur.

Fil-każ tal-grupp tat-tfal dan kien tifel, maqtugħ ħarira mill-kumplament imma b'mod li jiddistingwi l-firda, aktar qisu interessat fid-dinja ta' barra mill-kwadru milli f'dak li kien qed iseħħ fejnu; il-ħarsa tiegħu kienet qisha taħlita ta' diqa u kurżità. Fil-każ tal-piknik, hemm tifel ieħor fix-xena imma jidher mistoħbi wara siġra fuq il-lemin taż-żewġt itfal. Rasu biss qed tixref - u għaldaqstant kemm kemm jidher -

iżda l-ħarsa tiegħu (makakka u mqarba) diretta 'l barra u mhux lejn it-tfal kif suppost.

Qabditni kurżità u kont ġa lest biex nara t-tielet pittura meta ġejt imwaqqaf minn ħoss.

Kien f'dak il-waqt li l-bieb infetaħ u s-serv tfaċċa lura.

'Skużana li dewwimniek. Is-Sinjur lest biex jilqgħek.'

Mejjilt rasi u mxejt lejh.

Il-kamra li dħalt fiha kienet ġo dlam assolut, b'daqsxejn ta' dawl minn xemgħa li kienet impoġġija f'tarf ta' mejda li n-naħa l-oħra ma stajtx nara. Ilmaħt ukoll linfa nieżla pulita minn mas-saqaf. Tieqa fuq il-lemin kienet qed tippermetti dawl bati ħafna meta għajnejk joqogħdu għalih. Il-kamra ma stajtx naqbad art kemm kienet kbira.

Is-serv kien għadu warajja.

'Jimporta nistaqsik jekk nistgħux nixegħlu aktar dawl?'

'Jiddispjaċini Sur Gramer imma s-Sinjur ordna speċifikament li jkun hawn xemgħa waħda biss.'

'Is-Sinjur qiegħed hawn?' ħassejtni iblah nistaqsi - probabbilment kien ġa qiegħed hemm ġew jismagħni - imma veru ma kontx qed nara saħta.

'Daqt ikun miegħek. Nitolbok poġġi bilqiegħda u jekk nista' noffrilek xi ħaġa kemm tgħidli.'

'Imma int għedt li lest!' għedtlu konfuż.

'Daqt,' reġa' rrepeta b'leħen sod u imperattiv... u ħallieni hekk.

Xengilt rasi u poġġejt fuq is-siġġu.

Jien insibhom ukoll!

M'erġajtx qomt; ħallejt l-affari tiżviluppa weħidha.

4

Kellhom jgħaddu ftit minuti biex il-viżta tadatta ruħha għad-dlam u finalment stajt nara ftit l-ambjent ta' madwari.

Il-kamra kienet kbira mhux ħażin u kellha l-għamla ta' sala. Il-mejda fejn kont bilqiegħda kienet twila d-daqs kollu tal-kamra u madwarha, skont il-kalkoli tiegħi, setgħu faċilment ipoġġu ħmistax-il persuna fuq kull naħa. Faċċata tiegħi eżatt dalma kbira kienet tfisser li hemmhekk kien hemm kuritur jagħti għal xi mkien aktar 'il ġewwa fil-villa.

Fuq ix-xellug tiegħi kien hemm fireplace li nżamm mitfi, l-irmied kiesaħ. Fuq kull naħa tiegħu, żewġ manikini lebsin armaturi medjevali kienu d-daqs ta' bniedem; impoġġija jħarsu lejn min kien fil-kamra qishom lesti biex jagħtu s-salt jekk il-mistieden ma kienx għall-gosti tagħhom.

Pittura kbira fuq il-fireplace kienet turi l-profil ta' mara liebsa ħwejjeġ tas-seklu 18. Il-mara kellha wiċċha ta' żagħżugħa u kienet tidher li hi Franċiża. Naqtagħha li ma kellhiex iżjed minn ħamsa u għoxrin sena. Il-ħarsa t'għajnejha kienet waħda ta' mogħdrija.

Min jaf min kienet u lejn xiex kienet qed tħossha hekk?

L-għajnejn...

Għandi don - jekk trid tgħidlu hekk - li meta nħares lejn l-għajnejn nifhem mal-ewwel xi jkun iħoss ġo fih dak li jkun fejni.

Din l-abbiltà filfatt kienet strumentali waqt xi intervisti biex nagħraf jekk l-intervistati hux jiġbduli saqajja jew qed tassew jistqarru ħtijiethom. Tmenin fil-mija tal-każi kienu ġenwini, u għaldaqstant joffru realtà tant disturbanti li kultant ngħid aħjar toqgħod mistura. Xi drabi nkun naf li l-intervistat ikun wieħed minn dawk il-gravi u nħossni dieħel f'dinja ta' ħmieġ li kieku tagħtiha n-nar u tħalliha tinqered weħidha jkun tajjeb kemm għalihom kif ukoll għad-dinja li jgħixu fiha.

Tistaqsuni mela kemm huma gravi l-każi?

Li nista' nweġibkom: gravi biżżejjed biex joffru artiklu interessanti, imma mhux li jiksruha mal-liġi...

11

Wara li ilni dan iż-żmien kollu f'dan ix-xogħol, għandi l-impressjoni li n-nies tgħallmet tarahom bħala karattri vvintati - li hi tajjeb għalihom għax jingħataw divertiment, tajba għall-protezzjoni tal-individwi u tajba għalina biex nissoktaw ħidmietna.

Insomma, qatt ma smajt jew rajt li nqalgħet xi multa u sforzawna biex nieqfu nippubblikaw.

Ftaħt il-bagalja li kont qed inġorr - nammetti li xi drabi aktar kont nużaha biex nidher professjonali milli għax vera kelli bżonnha - u minnha ħriġt notebook u pinna. Fuq tal-ewwel kelli l-mistoqsijiet u t-tieni kont nużah biss f'każ ta' xi emerġenza biex nieħu noti ta' malajr. Il-leptop ħallejtu fejn hu. Poġġejt dawn fuq il-mejda u ppreparajt il-mowbajl għall-intervista.

Innutajt li lanqas sinjal ta' wifi ma kien hemm u l-linja ċellulari kienet veru baxxa.

Qamel.

Din il-villa - bħal bosta kastelli mxerrdin mar-Renju Unit - baqgħet bosta sekli lura, ma ċċedix għal kull avvanzi moderni li setgħu saru f'dawn l-aħħar snin.

Fuq il-mowbajl sibt xi twissijiet ta' laqgħat u attivitajiet oħra li kelli nieħu ħsieb f'dawn il-ġimgħat. Ħa ngħiduha kif inhi, mhux li kelli bżonn niċċekkja imma ridt nedha ftit sakemm dan il-proxxmu jitfaċċa. Il-ħin li kien qed jieħu kienet xi ħaġa inkredibbli.

Temmnuni li sa kwarta wara li dħalt hawnhekk ma kienx għadu tfaċċa?

Bqajt bilqiegħda nistenna. Kont biħsiebni noqgħod ftit ieħor sakemm il-paċenzja fl-aħħar tmurli għalkollox.

Din mhux irġulija!

Nammetti li din kienet l-ewwel darba li kelli dan id-dewmien kollu; is-soltu nsibhom jistennewni.

Għaddew ftit minuti oħra... u qabżitli.

Kont ġa lest biex inqum u ngħajjat lil wieħed minn dawk is-servi ħalli nara jekk is-Sinjur tiegħu ġratlux xi ħaġa.

Lanqas ilħaqt temmejt dak il-ħsieb li ma kellix nieqaf zoptu.

'Għażiż Sur Gramer. Nispera li tinsab tajjeb.'

Inħsadt…

Kienet vuċi ċara, maskili, ġejja mill-kamra.

Ħarist faċċata… lejn it-tarf l-ieħor tal-mejda minn fejn kienet ġejja.

Mid-dalma l-kbira tal-kuritur irnexxieli nara forma titħarrek li kienet simili fid-densità oskura.

L-Ewwel Parti

Stajt nara biss is-*silhouette* tiegħu u ċ-ċaqliqa ta' ġismu għax minkejja li għajnejja qagħdu għad-dlam, ir-raġel kien kważi inviżibbli għalkollox. Il-fattizzi ta' wiċċu ma kinux jeżistu minkejja li r-ras kellha forma tawwalija u jkolli ngħid kien fartas. Żamm id-dlam u d-distanza biex ma nkun nista' nara xejn ħlief ċaqliq. Id-dalma kbira ta' warajh lanqas kienet qed tgħin. Nammetti li kienet mossa strateġika li kienu jużaw ċerti nies li intervistajt - għax, ngħiduha kif inhi, li tgħatti l-isem mhux protezzjoni biżżejjed - imma qatt ma naf li kont daqshekk 'il bogħod minn persuna.

Ipprovajt neżamina x'kien qed jagħmel bil-ftit ċaqliq li beda jippreżentali. Milli jidher kelli nħalli l-istint tiegħi jiggwidani biex nifhem kif se tiżviluppa l-attitudni tiegħu.

'Għażiż Sur Molserat, ninsab tajjeb grazzi. Nittama li int ukoll.'

'Pjuttost. Nemmen li ġejt hawnhekk biex issaqsini xi mistoqsijiet hux hekk?' Il-vuċi tiegħu kienet soda, dominanti, determinata...

Lanqas apoloġija ta' dan id-dewmien kollu?

'Hekk hu,' għedtlu nipprepara l-mowbajl biex jibda jirrekordja. Imbagħad qaħqaħt u bdejt in-negozjati tiegħi. 'Kif nemmen li ġa taf, ġejt mibgħut mir-rivista The Voice biex nagħmillek intervista. Issa - biex inkun ċar mill-bidu nett - aħna s-soltu nitkellmu man-nies ikkonċernati imma f'dan il-każ partikolari, int trid tkun il-vuċi tal-persuna li attwalment irridu nafu fuqha. Din il-persuna - minħabba kwistjoni ta' kunfidenza - se nsemmuha Dyleen Dryder. Dryder għandha storja interessanti li tapplika għar-rivista tagħna. The Voice mhux it-tip ta' rivista li toqgħod taħrab milli ssaqsi ċerti mistoqsijiet... ejja ngħidulhom "skomdi". Għaldaqstant tajjeb li navżak li jekk f'xi mument tħoss li dawn qed jaqtgħu fil-laħam il-ħaj għandek kull dritt li ma tirrispondihomx.'

Ħallejt mument qasir ta' silenzju bejnietna biex nagħtih ċans jifhem xi rrid infisser bi kliemi. Xħin rajt li għadda biżżejjed ħin u hu ma tkellimx, issoktajt.

'Tħossok komdu li nibdew?'

'F'idejk Sur Gramer,' qalli bl-inqas ċaqliq possibbli.

'Kif naħseb ġa taf Molserat hu l-isem falz li tajniek biex ngħattu l-identità tiegħek. Se nsaqsik fuq il-ħajja ta' Dryder u nista' navżak minn issa li dak li tgħidli mhux bilfors se jittieħed bis-serjetà mill-pubbliku. Għaldaqstant nibda billi nistaqsik x'inhi eżatt ir-relazzjoni tiegħek ma' din il-persuna?'

'Jekk b'relazzjoni tifhem aspett familjari, nassigurak li m'hemm l-ebda rabta. Sirna nafu lil xulxin u rabbejt kunfidenza magħha. Biż-żmien sirna ħbieb sew u konna nitkellmu fil-fond fuq bosta affarijiet li konna nħossuna skomdi ngħidu quddiem ħaddieħor.'

'Tajjeb wisq. Il-ħajja tagħha nistgħu naqsmuha f'erbgħa: il-passat tagħha, l-inċident, iż-żmien ta' wara l-inċident u l-preżent. Għalissa ejja mmorru fl-ewwel fażi. X'tip ta' trobbija kellha Dryder?'

'Ħajjitha hi misteru... anke għalija nnifsi,' beda Molserat fuq nota kriptika.

'Jiġifieri ma taf xejn rigward il-passat tagħha?'

'Jiddependi kemm trid tmur lura għax fuq it-trobbija tagħha u dak iż-żmien saż-żgħożija ftit li xejn kienet tgħidli.'

'L-aktar lura possibbli.'

'Ħa nara ftit...'

Kien hemm mument ta' silenzju fejn immaġinajt li qiegħed jaħseb.

'Nista' mmur lura sa meta kellha għaxar snin, minkejja li l-informazzjoni hi vera vaga. Niftakarha tgħidli li familtha kienet tgħix ġo razzett fejn missierha kien jagħmel xogħol ta' pustier u ommha kienet taħdem fil-ħanut ta' zijuha.'

Ħsibt li se jkompli imma waqaf.

'Pjuttost ħajja sempliċi mela,' komplejt jien minfloku.

'Mhux kulħadd jitwieled sinjur.'

'Veru.'

'Missierha kien bniedem li tassew iħobb dmiru. Mill-flus ma kinux neqsin u bil-ħidma tiegħu u ta' ommha setgħu jgħixu bħal kull familja oħra.'

Kien hemm mument ieħor ta' pawsa.

'Bħala familja min kienu l-membri?'

'Minbarra ommha u missierha kellha ħuha ż-żgħir u oħtha l-iżgħar.'

'Għadhom ħajjin?'

'Ommha u missierha ilhom li telqu. Ħuha - mingħalija - kien mar jgħix fi Bremen, waqt li oħtha telqet lejn Skye.'

'Nimmaġina li mal-familji tagħhom?'

Molserat ma kkummentax.

Ma żidtx aktar ma' dan għax ma kienx il-punt għalfejn ġejt hawn.

'Il-familja tagħha kienet tat-tajjeb, fis-sens bħala manjieri mhux finanzi?'

'Hekk nissoponi. Qatt ma semmiet li kien hemm xi tip ta' vjolenza domestika.'

'Taħseb li pprovat taħbi jew minnu kliemha?'

'Ma tantx kienet titkellem fuq il-passat tagħha. Jekk kien hemm problemi simili qatt ma qalithomli.'

'Kif kienet il-ħajja kwotidjana?'

'Minn kliemha xejn partikolarment eċċitanti. Fi żmien l-iskola filgħodu kienu jmorru jitgħallmu u filgħaxija jagħmlu l-*homework*; u fis-sajf jgħinu fid-dar. Ħajja pjuttost normali f'kelma waħda.

'Kien hemm ġranet fejn kienet tmur sal-ħanut ta' zijuha altru biex tgħinhom jew biex tgħaddi siegħa żmien. Zijuha minn dejjem kellu klijentela tajba u għaldaqstant kien iħallas sew lil ommha. Meta kienet tmur tagħtihom daqqa t'id qatt ma naqas li jżerżqilha xi ħaġa wkoll. Xogħolha l-aktar kien li torganizza l-prodotti f'posthom fuq l-ixkafef u fejn hemm bżonn tnaddaf. Minkejja dan qatt ma ħallewha mal-kaxxiera tal-flus. Kienu jafu li kienet intelliġenti imma fejn jidħlu flus ma kinux jafdawha.

'Darba minnhom il-ħanut kien ftit kwiet u waqt li ommha kienet medhija tagħmel xi xogħol fejn il-kaxxiera, zijuha għajtilha biex tmur fejnu fil-maħżen fuq wara. Il-maħżen ma kienx ta' xi kobor enormi u għalhekk zijuha kien jordna biss prodotti li jaf li se jinħatfu malli tpoġġihom fuq l-ixkaffa. Insomma, staqsietu x'kellu bżonn u qalilha biex tgħinu jġorr kaxxa. Abbli kien hemm xi kaxxa mdaqqsa tal-injam ma' ħajt minnhom u ried li jpoġġuha mal-ħajt tal-faċċata l-oħra. Il-kaxxa ma kinetx taf x'fiha imma malli pprovat terfagħha min-naħa tagħha, kienet ferm tqila.

'Qaltli li kien qalilha: "mhux waħdek salib! Ejja ħa ngħinek minn din in-naħa."

'Insomma, biex ma ntawwalx refgħuha u poġġewha fejn xtaqha. Kien hemmhekk li staqsietu x'kien fiha. Kulma qalilha li kien hemm affarijiet perikolużi u li m'għandhiex tersaq lejhom. Kienet se tkompli tistaqsih imma waqqafha minnufih u ordnalha biex tmur tieħu ħsieb xkaffa minnhom - aktarx biex jeħles minnha. Kienet qaltli li bla dubju ta' xejn ma kinetx sodisfatta b'din ir-reazzjoni u dlonk bdiet tħammem fuq x'seta' kien fiha dik il-kaxxa.'

'Saret taf b'xi mod?'

'Saret... biss mhux bil-mod ta' kif wieħed ġeneralment jaħseb.'

'Jekk jogħġbok kompli,' inkoraġġejtu interessat.

'Għaddew il-ġranet - u magħhom il-ġimgħat - u kull meta kienet tkun il-ħanut, dejjem ipprovat taħrab ħarba bis-serqa lejn il-maħżen biex teżamina l-kaxxa. Kienet tikkalkula li meta jinzertaw ħafna klijenti u tkun qed taħdem fuq xkaffa 'l bogħod mill-għajnejn, tara li zijuha u ommha jkunu impenjati sewwa u dlonk tisparixxi! F'dawn il-waqtiet qosra kienet tmur tiflıha u tipprova tifhem kif se tiftaħha. Is-sitwazzjoni li kienet ħaġa restrittiva aktar kienet qed tqabbadha minn ġewwa.

'Il-kaxxa kien fiha serratura iżda ma setgħetx tifhem fejn kien il-muftieħ li jiftaħha. Kieku kienet magħluqa biss b'katnazz setgħet b'xi mod jew ieħor tqaċċtu u tagħmel wieħed ġdid minfloku biex ħadd ma jinduna. Setgħet tisforza l-għatu imma d-danni kienu jkunu jidhru wisq ċari; għax dan wara kollox il-punt kollu kien li tiftaħ il-kaxxa bla ma ħadd jinduna.

'Aħseb u ġib lil min jaħseb, għaddiet sajf tipprova tmur kemm tista' fil-maħżen u tfittex dan l-imniefaħ muftieħ. Għaliha kienet saret qisha missjoni impossibbli.'

'Wara s-sajf - ejja ngħidu xħin bdiet l-iskola - baqgħet tipprova?'

'Sakemm bdiet l-iskola kienet saħansitra tipprova tieħu xi tagħrif b'mod sottili mingħand missierha u ommha imma wissewha biex affarijiet personali ta' zijuha - u ta' kulħadd inġenerali - m'għandhiex xi tridhom. Qalulha li kienet pastażata kbira dik li tmiss u tieħu affarijiet li mhux tiegħek u qatgħulha d-domanda hemmhekk stess. Kienet qed tinduna wkoll li zijuha għajnu bdiet togħkru minnha u riedet toqgħod iżjed attenta kif taġixxi.

'Ġara li waslet f'punt fejn qatgħet qalbha u ħalliet l-affari tmut weħidha.'

'Imma nissoponi li ma mititx għalkollox?'

'Ejja ngħidu li dik kienet l-ewwel fażi tal-misteru.'

'Mela meta seħħet it-tieni fażi?'

Molserat ma tkellimx mal-ewwel u ntefa' f'pawsa ta' silenzju. Jidher li kien qed jaħseb fuq kif żvolġew l-affarijiet.

'Naħseb f'dan il-punt jaqbel li l-ewwel nitkellmu fuq it-talent tagħha.'

'E l-pittura! Iva mela le, bil-qalb kollha,' għedtlu mmejjel rasi.

'Minn kliemha, kienet xi ħaġa li ħasset ġo fiha minn mindu kienet għadha żgħira. Dakinhar kienet tagħmlu aktar biex tgħaddi l-ħin. Kienet tpitter dak kollu li jiġiha għal rasha: frott, ħaxix, annimali, xi mejda, xi borma... tara xi ħaġa u jfettlilha tagħmel kopja tagħha fuq paġna. Meta mbagħad kienet turi d-disinn finali, kienu dejjem jgħidulha kemm kienet tagħmlu ċar u dettaljat.'

'Għal li jista' jkun għandek xi kopji eżistenti minn tagħha minn dawk tal-bidu nett? Jew inkella, kienet tatek xi kopji?"

'B'xorti tajba nzertat persuna li tħobb terfa' u kienet ġeneruża biżżejjed li tatni numru mhux ħażin minnhom.'

'Huwa possibbli li narahom?'

'Mela le, ħa nġiblek kopja.'

Qal hekk u rajt is-silhouette tiċċaqlaq flimkien ma' ħoss ta' siġġu li nstema' tħarrek minn postu. Is-*silhouette* għebet fid-dalma l-kbira tal-kuritur.

Kif kien qed jara?

Aktarx imdorri, imbagħad għedt lili nnifsi.

Imbagħad ħsiebi mar fuq xi ħaġa oħra...

Nispera li ma tajtux skuża biex jaħrab għal xi siegħa oħra!

Hemm barra l-maltemp qorob u x-xita kienet bdiet nieżla. Il-ħoss tat-taqtir mal-ħġieġ kien pjuttost rilassanti.

Dawwart wiċċi mill-ġdid lejn il-pittura. Ix-xebba kienet għadha tħares b'dik il-mogħdrija li ġġegħlek tħossok vittma ta' xi ħaġa, jew xi ħadd.

Min jaf min hi u min pittirha?

Ftit wara smajt ħoss ta' żaqżiq li qalagħni minn mal-pittura. Is-silhouette ta' Molserat reġgħet kienet evidenti. Rajtu jgħolli idu u f'kemm ilni ngħidlek minn ġod-dlam nara xi ħaġa tiżżerżaq lejja. Waqfet tefgħa ta' ġebla 'l bogħod minni tant li kelli niġġebbed xi ftit biex niġborha.

Kienet karta u fuqha kellha disinn.

'Ġibthielek Sur Gramer,' qalli filfatt min-naħa l-oħra tal-kamra.

Is-*silhouette* tiegħu tbaxxiet biex Molserat ipoġġi bilqiegħda. Ma kkummentajtx mill-ewwel.

'Xiex, mhux togħġbok?' staqsieni hu qisu xxokkjat.

'Le... vera sabiħa. Aktar għax ma tantx hawn dawl,' għedtlu nħares mistgħaġeb u nisforza l-viżta..

Id-disinn kien juri platt taċ-ċeramika mimli frott. Ikolli nammetti li d-dettalji kienu ċarissimi. Kien disinn li vera jiġbed l-għajn.

'Tajjeb wisq,' qalli ninnota ċertu kuntentizza u pjaċir f'leħnu. 'Dik ma nafx eżatt meta għamlitha imma skont hi kienet minn tal-bidu.'

Fejn id-dawl kien miżerja assoluta, il-ħoss kien ċar, qawwi u jaqta'.

Inqlajt minn magħha ħa nkompli xogħli.

'Tirrifletti l-pitturi li kienu ġejjin aktar tard,' għedtlu b'ton amikevoli.

'Iva, tista' tgħid hekk. Ma' kull pittura mbagħad bdiet tirfina.'

'Kienet ġa taf li dan se jsir ix-xogħol tagħha?'

'Le ta, kien għadu kmieni. Kienet qaltli li l-pittura kienet ċara u ġa tinħass professjonali, fuq daqshekk ma kienx hemm dubju, però li biha setgħet taqla' l-għixien 'il quddiem kienet għadha dubjuża ħafna. Dik il-ħaġa li tkun artist ġo familja sempliċi mhux kulħadd jifhimha, u filwaqt li inkoraġġewha biex tkompli tużaha bħala passatemp, saħqu li aħjar tibqa' titgħallem l-iskola biex issib xogħol iżjed sostenibbli.'

'Għandi nifhimha li l-pittura ma tathiex bis-sieq.'

'Ma kienx hemm bżonn, basta ma timliex rasha li biha se ddaħħal il-flus.'

'Għall-argument, din il-pittura li bdiet tagħmel ipprovaw ibigħuha lil xi ħadd?'

'Skont hi missierha ma kienx interessat imma ommha pprovat tgħaddi kelma ma' xi ħbieb tagħha, li wħud minnhom kienu jafu skola sewwa. Minkejja li ħadd ma xtara, ma qatgħulhiex qalbha u ssuġġerewlha li tibda tmur titgħallem iżjed fuq is-suġġett għand ċertu Sinjur Foster. Dan Foster kien bniedem ftit eċċentriku imma minn tagħna wkoll. Ommha ddiskutietha ma' missierha - kif kienet tagħmel kważi f'kollox - u t-tnejn qablu li jħajruha tipprova. Xejn xejn ħadd ma kien se jitlef. U minn hemmhekk bdiet tieħu lezzjonijiet ġodda.'

'Kif tiddeskrivih lil Foster, jew kif iddeskrivietu hi?'

'Foster kelli idea tiegħu. Kien raġel li altru ssir tħobbu jew tispiċċa ma taħmlux, skont mil-liema perspettiva tarah. Xi ġranet kien ikollu burdata li tferraħ lil kulħadd, drabi oħra allaħares tkellmu. Kultant kien jiċċajta - forsi xi ftit goff - waqt li kellu manjieri mhux li tgħid ħelwin, imma mhux se nazzarda ngħid vjolenti lanqas. Kien fih tip u kellu alla għalih. Biss fuq ħaġa waħda kien jispikka: kien dejjem onest. Qatt ma smajt li nqabad f'gidba. Hu stess kien jgħid li l-gidba hi dgħjufija tal-bniedem.'

'Kieku kulħadd bħalu...'

'Hux? Insomma, kellu jkun l-għalliem tagħha għal xitwa minnhom.'

'Kien jaf biha qabel? Kellu idea tal-pittura tagħha?'

'Wisq probabbli li biha ma kienx jaf; nissoponi li meta ltaqgħu l-ewwel darba raha bħala student ieħor li abbli kellu talent. Naturalment il-pittura tagħha qatt ma kien sema' biha qabel imma nibqa' niftakar dak li qaltli fuqu meta wrietlu xi disinji.'

Għal xi raġuni Molserat waqaf jitkellem.

Qgħadt fis-silenzju nistennieh ikompli. Meta rajt li għadda biżżejjed ħin iddeċidejt li-

'Kien impressjona ruħu, *imma* mhux dik it-tip ta' impressjoni li tistagħġeb meta tara xi ħaġa sabiħa... iżjed bħal qisu ħa qatgħa... *kesaħ.*'

'Jiġifieri qed tgħidli li l-pittura tagħha... werwritu?'

'Tagħmel sens?'

'Ifhem, hawn pittura li tqabbdek il-bard tħares lejha imma kif ġa semmejt il-pittura tagħha kienet iżjed ibbażata fuq affarijiet naturali, ta' serħan ir-ras.'

'Preċiż! Għalhekk dik l-espressjoni ta' wiċċu ħasditha.'

'Allura kulma għamel ħares lejha u ma qalilha xejn?'

'Le minn daqshekk qalilha kemm hi sabiħa, minkejja li nnotat li leħnu kien ta' xi ħadd jinstema' prudenti.'

Kemmixt xofftejja.

'Skużani imma mhux insegwi...'

'Ara, ejja ħa npoġġuha hekk: mill-pittura tagħha taha x'tifhem li jrid joqgħod attent minnha.'

Molserat reġa' waqa' fis-silenzju biex bħallikieku jagħtini ċans nassorbixxi kliemu.

Għalissa ma kelli xejn x'nikkummentalu imma kont qed nistudjah. Fuq livell personali kont qed narah bħala persuna edukata, jaf jitkellem u intriganti, aktar milli waħxija.

'Bdiet kors miegħu u nzertaw erba' studenti.'

'Erbgħa biss?'

'Ifhem, bejn li ma kienx jaċċetta ħafna studenti, bejn li mhux kulħadd kien jafdah bit-tfal u l-adoloxxenti, u bejn li rari jkun hemm nies li jafu jpittru, spiċċaw numru żgħir. Minn lat ta' dixxiplina s-sitwazzjoni kienet favurih għax seta' jikkontrollahom bi ftit kliem.'

'Taħseb li kien iebes magħhom?'

'Mill-ftit li qaltli aktar milli iebes, kienu jarawh stramb. Baqgħet tiftakar l-ewwel lezzjoni. Qalilhom biex joqogħdu ringiela maġenb xulxin quddiem ħajt u ordnalhom jistennewh biex iġib xi ħaġa minn kamra oħra. Sakemm ħeles intefgħu jitkellmu bejniethom biex inrabbu ftit kunfidenza ma' xulxin. Imbagħad hu ġie lura jġorr barmil u, bla kliem u bla sliem, xeħet il-kontenut ta' ġo fih fuqhom! Kienet żebgħa u ħasilhom biha!'

Bqajt issummat.

'Din isbaħ! X'taparsi?'

'Kif qaltli hi bi tbissima, "skont kliemu: l-ewwel lezzjoni - issorprendu lin-nies".'

Ma flaħtx ma nidħakx.

'Min jaf kemm offendewh?'

'Naturalment bagħtuh jieħdu. Wieħed minnhom - li skont hi kien jismu Ralph - qallu biex jużaw id-doxxa tiegħu ħa jinħaslu malajr. Foster imma qallu minnufih biex jitilqu kollha 'l barra u jmorru d-dar. Għalih dik, bħala l-ewwel lezzjoni, kienet biżżejjed.'

'U marru d-dar?'

'Hekk qaltli. Tefagħhom 'il barra qishom kienu mikdudin b'xi marda kerha.'

'Mela l-ġenituri kienu ferħanin qishom?'

'Ommha u missierha nħasdu aktar minnha; ommha riedet tiżbranah! Kellu jkun missierha li żammha milli tmur tagħtih xebgħa lsien. Qalilha li dak kien żbuxxlat u li ħabat tajjeb għamel li għamel biex żgur hi ma terġax tmur għandu.'

'Kif irnexxielha tagħmel xitwa mela?'

'Qaltli li mar iħabbtilhom il-bieb l-għada stess.'

'Kellu l-kuraġġ?' għedtlu impressjonat.

'Min ikun eċċentriku ma naħsibx li jkollu moħħu stabbli mija fil-mija. Mar iħabbat il-bieb u sab lil ommha quddiem wiċċu. It-tgħajjira li kienet tmewtet - bi sforz kbir - fil-jum ta' qabel issa reġgħet lura b'feroċità akbar. Tant werżqet li l-ġirien ħarġu jittawlu għax beżgħu li qed jattakkawha. Però malli rawha ssawwat raġel li ma *kienx* qed jirreaġixxi, ħasbu li hi attakkatu. Insomma, is-sitwazzjoni b'xi mod ikkalmat u Foster - bi tbissima inkredibbli - qalilha li xtaq jara lil bintha.

'Ommha ħasbitu qed jitmejjel imma Foster baqa' fejn hu. F'ċirkostanza normali dak li jiġi msawwat jisparixxi b'denbu bejn saqajh, imma mhux Foster. Ġie hawnhekk bi skop u ried jieħu r-raġuni.'

'Jiġifieri tiegħu għaddiet?'

'Għadni sal-ġurnata mqaddsa tal-lum ma nafx kif irnexxielu jidħol xorta waħda u jmur ikellimha qisu xejn.'

'U x'qalilha?'

'Niftakarha tgħid li qalilha: "għada fil-ħamsa ta' filgħaxija ejja għandi. Siegħa kollox. Jekk ma tiġix se nħassrek mil-lista tiegħi." U skont hi telaq malajr kif mar.'

'Qed tgħidli li wara dan il-ġenn kollu aċċettaw xorta li hi tibqa' tmur għandu?'

'Hekk ġara.'

'Imma din assurdità!'

'Titwemminx jew le missierha u ommha *qatt* ma reġgħu żammewha milli tmur għandu.'

'Kemm tassew temminha din il-ħaġa? Jew li seħħet b'dan il-mod?'

'Emminni, minn fommha għal widnejk qed ngħid dan kollu,' ikkummenta Molserat.

Tbissimt u rajt li ma nistax nipproċedi aktar fuq dan il-fattur.

Evalwajt malajr il-ftit li sirt naf s'issa.

Il-każ tal-kaxxa magħluqa ma kienx xi ħaġa partikolari wisq, imma din - jekk dejjem vera - kienet qed tistona wisq.

'Nitolbok kompli.'

'Insomma, komplew l-avventuri tagħhom. Kif għedtlek kienu erbgħa b'kollox: Dryder, ċertu Ralph Macintosh, u jekk mhux sejjer żball it-tnejn l-oħra kien jisimhom Adam Trane u Rebecca Scarlet. B'xi mod għalkollox inkredibbli l-istudenti reġgħu nġabru qisu qatt ma ġara xejn; bħallikieku Foster tefa' xi seħer fuq il-ġenituri u ppnotizzahom. Issoktat tgħidli li l-erbgħa li huma kellhom l-istili tagħhom u Foster riedhom jiżviluppaw ħilithom, kultant b'metodi għalkollox inortodossi.

'Semmietli li Ralph kien iħobb juża l-annimali fit-tpinġijiet tiegħu. Issa, kif forsi taf, biex tpinġija tiġi sewwa, il-mudell irid joqgħod kemm jista' jkun wieqaf. Mal-annimali din diffiċli għax sakemm is-suġġett ma jkunx aljenat b'xi ħaġa, f'kemm ilni ngħidlek dan jiċċaqlaqlek u jisparixxi. Imma Foster donnu ma kellux din il-problema.

'Darba minnhom poġġa qattus fuq mejda. Il-qattus deher mans ħafna għax lanqas iċċaqlaq. Foster ħallieh mimdud hemmhekk u ordna lil Ralph biex ipittru. Ralph minnufih medd idejh għax-xogħol. Dryder u l-oħrajn kellhom is-suġġetti partikolari tagħhom x'jieħdu ħsieb u riedu joqogħdu f'postijiet differenti. Lilha tefagħha tpitter akwarju ġo kamra oħra fil-qrib. Stqarret miegħi li l-ħut kien iżjed ikkomplikat mill-qattus għalhekk iddeċidiet li l-ewwel teħles mill-globu tal-ħġieġ, il-kontenut ta' ġo fih, imbagħad tara kif se tpoġġi l-ħlejjaq iż-żgħar.

'Hi u għaddejja fuq xogħolha, fettlilha tisraq ħarsa lejn Ralph. Il-bieb li kien hemm jifridhom tħalla miftuħ u setgħet issegwi minn fejn kienet x'qiegħed jagħmel. Inzerta Foster poġġieh dahru lejha u għalhekk setgħet tħares lejh bla ma ttellfu.

'Għaddew bosta minuti u baqgħet affaxxinata kif il-qattus żamm fejn hu bla ma ċċaqlaq. Kuntrarju tal-ħut tagħha, stajt tistħajlu li kien magħmul mill-ġibs. Għaddielha ħsieb li aktarx kien imdorri jimmudella.

'Siegħa u nofs wara, Foster mar jara kif sejrin. Dryder ma kinetx taf fejn tefa' lil Adam u Rebecca u ma semgħet xejn mingħandhom - wisq probabbli kienu kkonċentrati waħda u sew fuq xogħolhom. Foster l-ewwel mar fejnha u ra x'għamlet. Kien hemm żewġ ħutiet imma waħda biss laħqet pittret; skont kliemha aktar irnexxielha tagħmilha mentalment milli għax qagħdet tħares lejha.

'Foster kien kuntent li tal-inqas ipprovat. Ordnalha biex iżżid xi rtokki tal-aħħar sakemm hu mar fejn Ralph.

'Semgħetu jgħidlu li għoġbitu l-pittura u - bħalha - ordnalu jagħmel l-aħħar irtokki. Il-qattus *baqa'* ma ċċaqlaqx.

'Foster qal li se jagħtihom nofs siegħa oħra ċans imbagħad setgħu jitilqu.'

'F'dik in-nofs siegħa ġrat xi ħaġa?' Staqsejtu kurjuż.

'Le ta, ma jidhirlix li semmiet xi ħaġa. Kif iltaqgħu, telqu. Il-qattus imma ma nqalax minn postu.'

Nammetti li kont ħarira ddiżappuntat.

'Ifhem, il-qtates min-natura tagħhom għażżenin u jikkaċċjaw billejl.'

'Insomma, dik il-ġurnata għaddiet u reġgħu ltaqgħu xi tlitt ijiem wara. Riedhom jipprovaw esperimenti ġodda u din id-darba sabu ruħhom fil-kampanja.

'Inzertat kienet ġurnata bil-maltemp jilgħab - is-sema kien imsaħħab waħda u sew u x-xita ma setgħetx tiddeċiedi jekk hux se tagħmel jew le. L-istudenti ma ħadux gost għax apparti li kienu se jsiru għasra, ix-xita kienet se teqirdilhom il-pittura, imma Foster hekk daqqlu u hekk ried jagħmel.'

'Marru xorta mela?'

'Altru hekk, jew lura d-dar.'

'Qed jispikka fl-istramberiji.'

'Marru f'post insomma u nqatgħu xi ftit mir-raħal. Kienu fil-beraħ u setgħu jissoponu li kienu f'riskju imminenti li jsiru għasra. Poġġiehom f'imkejjen differenti u bit-tila miftuħa qalilhom biex jibdew ipittru.'

'U x'riedhom ipittru?'

'Bażikament dak li kien hemm quddiemhom.'

'Irnexxielhom jikkonċentraw possibbli?'

'Qaltli li għall-ewwel ftit minuti ħadd minnhom - speċjalment meta tikkonsidra li r-riħ lanqas kien ħanin - imma wara għamlu ta' rashom u maltemp jew le bdew ipittru. Ħaġa tal-iskantament ix-xita ma niżlitx u r-riħ kien qisu beda jiddgħajjef. Aktar ma għadda ħin aktar għamlu l-qalb.'

'Donnu Foster kien iħobb ipoġġihom taħt pressjoni. Imma dan mod kif tgħallem xi ħaġa li trid konċentrazzjoni assoluta fuqha?'

'Ħeqq hemm diversi modi kif tgħallem u kemm kemm ma ngħidlekx li għalih qisu għamel xi bravura.'

'Kemm damu jpittru?'

'Niftakarha tgħidli li għamlu l-isbaħ sagħtejn. Ix-xita bħal qisha ħafritilhom. Malli Foster ra li ħadmu biżżejjed, ordnalhom biex jiġbru kollox u jitilqu.'

'Għoġbuh il-pitturi tal-inqas?'

'Skont hi ħallewhom għandu u qatt ma semmielhom xejn fuqhom.'

Bqajt issummat.

'Jiġifieri lanqas indenja ruħu jgħaddi xi kumment?'

'Kemm-il darba se ngħidlek li kien eċċentriku?'

Ħadt ir-risposta.

'Kien hemm xi avventuri oħra interessanti?'

'Jekk niftakar sew minn kliemha, waħda partikulari tispikka aktar minn dawn li semmejt s'issa. Xi ġimgħat wara reġgħu kienu f'daru. Sa dakinhar l-erbgħa li huma kienu rabbew kunfidenza sewwa. Ordnalhom biex joqogħdu bilqiegħda madwar mejda fejn kien se jkollhom is-suġġett tagħhom ta' dakinhar. Qalilhom biex iħarsu u jpittru lil xulxin. Kien esperiment pjuttost sempliċi u naturali, imma l-eżekuzzjoni tiegħu spiċċat kummiedja. Kienet l-ewwel darba li litteralment poġġiehom wiċċ imb wiċċ, u minħabba f'hekk trid tarahom jaqbdu ma' xulxin u jitgħajru!

'"Tiċċaqlaqx!"

'"Iftaħ għajnejk!"

'"Iċċassa ftit!"

'"Ħu brejk u ħares lejja!"... min semagħhom ħasibhom qed jiġġieldu.'

'Irnexxielhom jaslu xi mkien imma?'

'Bejn wieħed u ieħor iva. Kienet faży oħra fejn proprjament Foster ried jittestja l-paċenzja tagħhom aktar milli t-talent.'

'Imma x'kien l-iskop aħħari?'

'Hu biss jaf, però wara dan l-aħħar episodju, is-sessjonijiet tagħhom ma baqgħux l-istess.'

Innutajt li l-vuċi ta' Molserat inbidlet minn waħda pjuttost amikevoli għal waħda gravi; drammatika.

'Għedt li dan l-episodju kien jispikka fuq l-oħrajn. Kif?'

'Daqt nasal għaliha.'

Ma staqsejtu xejn iżjed għax ridtu jkompli waħdu.

'Kienu qishom għaddew xi ħamest ijiem minn dik is-sessjoni, u reġgħu ltaqgħu għandu. Biss innutat li Ralph ma kienx hemm. Dan l-aħħar li kellmitu kien xi jumejn qabel. Ħasbet li forsi marad u ma setax joħroġ mid-dar u għal dakinhar ma ħabbiltx rasi. Hi u t-tnejn l-oħra ppreparaw biex ipittru s-suġġett ġdid. Foster reġa' ħariġhom mid-dar u din id-darba marru f'post fejn - skont hi - kienet ilha toħlom li tmur: it-Torri l-Griż.'

'It-Torri l-Griż ta' Nottingham?'

'Dak hu. It-Torri hu meqjus bħala post antik bi storja mdemmija relata miegħu u minkejja li t-turisti kienu jżuruh regolarment, in-nies tal-post kienu dejjem iżommu ċertu distanza minnu. Filfatt l-iżjed lukanda fil-qrib kienet xi ħames mili 'l bogħod. Foster inzerta kien jaf il-persuna responsabbli tal-post u daħlu bla xkiel ta' xejn.

'Immeraviljat ruħha hemm ġew bl-arkitettura u l-istil li fuqu kien ibbażat. Ma ridetx temmen il-kobor li spiċċat fih. Li kieku mhux għal Foster, kienet tintilef hemm ġew idduru dawra mejt. Insomma, biex ma ntawwalx, qabdu t-turġien li jagħtu għal fuq u telgħu fil-quċċata ta' wieħed mill-kampnari, Il-kampnar inzerta l-aktar wieħed wiesa' u Foster avżahom biex joqogħdu fi tliet punti li kien ġa ppjana biex b'hekk la huma jtellfu t-turisti u dawn ma jtellfux lilhom.

'Kellhom veduta tal-blieh u minkejja n-nies ġejjin u sejrin magenbhom kienu iżjed komdi minn dakinhar li marru fil-maltemp.

'Middew idejhom għax-xogħol u tista' tgħid li ġibdu l-interess tal-pubbliku. Din kienet l-ewwel darba assoluta li kellhom reazzjoni diretta - hemm min waqaf jikkumplimentahom; oħrajn qagħdu jħarsu biss.

'Wara l-isbaħ tliet sigħat, Foster qalilhom li kien biżżejjed u dabbru rashom lura.'

'Kif taħseb li ħassewhom?'

'Sodisfatti iżjed mid-drabi l-oħra, possibilment għax kellhom rispons dak il-ħin stess.'

'Semmejt li bdew jinqalgħu xi affarijiet strambi fis-sessjonijiet ta' wara. Dan il-każ ma naħsibx li japplika hux?'

'Iva u le, iżda biex tifhimni ħa nkompli nirrakkontalek.

'Huma u neżlin, bejn li kienet aljenata u bejn eċċitata, irħiet ftit idejha u l-pittura ħarbitilha! Sakemm irrealizzat dan kollu - kwistjoni ta' sekonda - il-pittura, ħabtet ma' tarġa minnhom u taret 'l isfel. Alla jaf kemm għajtet bil-paniku li qabadha imma l-pittura donna rabbiet ċirku madwarha għax aktar ma ħabtet ma' turġien aktar baqgħet nieżla. Strieħet biss mal-art isfel nett wara sensiela ta' daqqiet. B'xorti tajba ma korra ħadd imma l-pittura saret terrapien.'

'Jiddispjaċini,' għedtlu nurih sogħba ġenwina.

'Tirrakkontali li dakinhar Alla jaf kemm bkiet u damet ġurnata biex reġgħet irkuprat. Qaltli li kulħadd ipprova jsabbarha mill-aħjar li seta' u li għad tixba' tagħmel pitturi bħalha. Insomma, l-affari kkalmat weħidha.

'L-iżjed li impressjonaha - u sa ċertu punt lili wkoll, jien u nismagħha - hu dak li ġara l-*għada*. Sur Gramer, tiftakar l-inċident li sar madwar it-Torri?'

'E...' għedtlu nhewden, għax qabadni fuq sieq waħda, 'apparti l-istorja mdemmija tiegħu ma jidhirlix li ġraw affarijiet kbar...'

'Possibbli ma smajtx bit-theżżiża li seħħet hemmhekk?'

'Terremot?'

'Iva, l-art kienet tregħdet. Terremoti ġieli jirrapportawhom bi prominenza fl-aħbarijiet.'

Molserat waqaf jitkellem biex jagħtini ċans naħseb.

Jien u niċċekkja stejjer tal-passat ipprovajt niftakar f'dak il-każ. Terremoti mhux sitwazzjonijiet li tant jolqtuni, għaldaqstant jekk iseħħ wieħed u ma jaffettwanix direttament - li *qatt* ma ġrat - ma kontx se noqgħod inżommu f'moħħi.

'Jiddispjaċini Sur Molserat, imma jekk seħħ wieħed f'Nottingham altru li ma smajtx bih jew smajt bih u nsejtu. U dan kemm ilna ngħidu li seħħ?'

'Kellha tlettax...'

'Naħseb li ilu ftit mela...' poġġejthielu b'mod pulit.

'Ilu ftit,' kompla hu, 'imma għedt forsi kont smajt.'

'Sakemm ma kienx terremot li farrak raħal shiħ fiż-żgur li ma smajtx bih.'

'Insomma seħħ, u n-nies parlaw ftit fuqu għax ġie qisu sajjetta fil-bnazzi; mhux li terremoti oħra javżaw li se jolqtu, ifhem.'

'Nissoponi li tal-lokal ħadu xokk.'

'Żgur mhux forsi. Nerġa' lura għas-sessjonijiet tal-arti tagħhom. Saru jafu, b'dispjaċir kbir, li Adam kien se jħallihom. Missieru sab xogħol aħjar f'York u peress li ġa kellu residenza hemm iddeċieda li jħarrek il-familja kollha. Veru li minn Nottingham għal York kien hemm inqas minn sagħtejn karozza imma missieru ma riedx joqgħod jivvjaġġa kuljum. Kien mument ta' diqa, imma għadda wkoll mal-oħrajn.'

'Jiġifieri spiċċaw tliet studenti,' għedtlu nirraġuna kif evolviet l-affari.

'Tnejn proprjament, għax Ralph qatt ma reġa' tfaċċa.'

Kien hawnhekk li nħsadt.

'Kif... laqqat xi trasferiment?'

'Le, sempliċement għosfor.'

'Għosfor... kif?'

'Għosfor hux. Sparixxa, għeb miċ-ċirkulazzjoni.'

'Hekk? Bla ħjiel ta' xejn?'

'Li jafu biss li għaxija minnhom ried jixtri xi affarijiet tal-ikel u kien sejjer għand zijuha. Però zijuha baqa' jaħlef li qatt ma rah hemm ġew.'

'Lanqas ommha s'intendi.'

'Fil-ħanut ma rifisx.'

'Kemm damu biex irrapportawh?'

'Dakinhar stess kieku għax ommu bdiet tinkwieta malli beda jidlam sew u, suppost dawra ta' siegħa, ħadet iżjed fit-tul.'

'Mela nfetħet l-investigazzjoni u kif spiċċa l-każ?'

'Il-pulizija għamlu li setgħu u kienu wkoll akkumpanjati min-nies lokali. Damu xahrejn sejrin, sakemm ġew sforzati jieqfu. Ralph qatt ma nstab.'

Nistqarr li minn dejjem kienu jaffaxxinawni stejjer ta' dawn it-tip.

'Kien l-ewwel persuna li għeb f'dawk l-inħawi?'

'Milli naf l-ewwel wieħed.'

'U mhux l-aħħar?'

'Ifhem, sakemm damet tgħix hemm Dryder ma semgħetx b'iżjed aħbarijiet. Sur Gramer, qed ninnota ċertu *faxxinu* f'leħnek.'

Widnejh tajbin qed ngħid!

'M'għandix x'naħbi: każi ta' għibien minn dejjem kienu jiġbduni.'

'X'jinteressak fihom?'

'Il-fatt li filli għandek persuna titkellem maġenbek, filli ħadd ma jaf x'sar minnha. Qisha nbelgħet mill-arja.'

'Ħafna drabi jkunu każi ta' ħtif,' irraġunaha Molserat.

'U dawk li ma jkunux?' tfajthielu jien.

Molserat ma kkummentax.

'Is-sessjonijiet tagħhom allura baqgħu jsiru?'

'Skont kliemha, aktar nista' ngħid li waslu fi tmiemhom.'

'Għala?'

'Inzerta li omm Sarah xammet xi ħaġa u qaltilha biex tieqaf minnufih tiltaqa' ma' Foster. Qatt ma skopriet x'kien ġara eżatt - għax lanqas Sarah ma baqgħet tkellimha - imma bħal donnu f'daqqa waħda niżlet xi saħta fejn kien jidħol Foster.'

'Assoċjaw l-għibien ta' Ralph ma' Foster?' Staqsejtu b'nofs serjetà.

'U anke t-terremot.'

Infqajt nidħak.

'It-trasferiment ta' Adam laqqatha wkoll?'

'Dak ma kienx każ ikrah imma kien hemm ukoll min ipprova jqabbel l-affarijiet flimkien.'

'Mamma mia x'injoranza!'

'X'tagħmel?'

'Allura Dryder u Foster ma baqgħux jiltaqgħu?'

'Qaltli biss li għamlu sessjoni waħda bejniethom u daqshekk iltaqgħu.'

'Riedha tpitter xorta jew iltaqgħu biss biex iparlaw bejniethom?'

'Foster ma kienx bniedem li jparla ħafna u għal daqshekk ordnalha biex tmidd idejja għax-xogħol. Staqsietu x'ried u qalilha li din id-darba mhux se joffrilha mudelli. Ordnalha biex tuża l-immaġinazzjoni u jekk kellha xi ħsibijiet koroh taqbad u tesprimihom fuq it-tila.'

'Minn daqshekk affarijiet ħsibijiet koroh?' staqsejtu mbellah.

'Foster *hekk* kien jirraġuna u naħseb bil-konsegwenzi li ġraw lill-grupp forsi ħaseb li xi ħaġa ta' swied il-qalb toħroġ aħjar milli punt ta' pjaċir. Hi stqarret li ma kinetx kuntenta weħidha ma' Foster għax dik l-armonija li kellha ma' dawk tamparha kienet ġa dratha u tixtieqha.'

'Allura pittret xi ħaġa kerha?'

'Naħseb l-ewwel darba f'għomorha.'

'X'kienet eżatt?'

'Tridni nġiblek il-pittura?'

'E tatħielek ukoll?'

'Ma tantx kellha bżonnha...' u ħallieni hekk.

U b'dan il-kliem reġa' waqa' s-silenzju.

Ġietni tentazzjoni li nqum u ndur ftit mal-kamra biex nesplora ftit il-post imma ħassejt li tkun pastażata u għalhekk iddeċidejt li nibqa' fejn jien.

Meta tikkonsidra kollox, dan il-post kien fih ġawhra. Id-dlam ma kienx se jdejjaqni u ma kont se nitlef xejn billi ngħaddi żewġt iljieli fih.

Intfajt inħares lejn it-tieqa u niggosta t-taqtir tax-xita jiżżerżaq mal-ħġieġa tagħha.

Imbagħad rajt ċaqliqa u Molserat kien mill-ġdid ġol-kamra. Minflok resaq lejja reġa' għolla idu u xeħet il-pittura lejn in-naħa tiegħi.

Qisu lanqas jiflaħ jimxiha sa din in-naħa.

'Ara x'taħseb fuqha?'

Kienet pittura li tirrappreżenta mkien partikolari fil-kampanja b'żewġ suġġetti distinti fiha: siġra kemxejn għolja u ħabel imdendel nieżel minnha. Kienet pittura vera sempliċi b'messaġġ qawwi ħafna.

'X'ġegħelha tpitter dan?' staqsejtu mibluh.

'Kienet semgħet storja li darba sabu raġel mgħallaq ma' siġra barra mir-raħal tagħha u ftakret fiha.'

'Il-ħabel ħallietu waħdu,' innutajt b'interess.

'Skont kliemha ma kellhiex intenzjoni li tpoġġi xi ħadd miegħu u ħasset il-bżonn li tħalli l-pittura miftuħa għall-interpretazzjonijiet.'

'Ma tantx hemm x'tinterpreta. Dan hu mudell klassiku ta' suwiċidju.'

'Imma suwiċidju ta' *min*?'

'Ta' xi ħadd iddisprat...' tennejtlu nipprova naqralu ħsibijietu.

'Jew forsi xi ħadd ried jagħmel esperiment?'

'Xiex? Jitgħallaq biex jara jekk hux se jmut?'

'Jew jisforza lil xi ħadd biex jikkommetti suwiċidju. Qisu qed jurih it-triq ta' xi jrid jagħmel biex jeħles.'

Dak kien qed jissuġġerili?

'Sitwazzjoni metaforika?'

'Possibbli. Dak is-sabiħ tal-arti: tivvinta xi ħaġa u kulħadd jinterpretaha kif irid.'

'Din seħħet qabel jew wara l-inċident?'

'Le qabel.'

'Insomma, lil Foster għoġbitu?'

'Qaltli li Foster sfortunatament ma laħaqx raha għax damet tliet ġimgħat biex għamlitha.'

'Xi ġralu Foster mela? Telaq ukoll?'

'Tista' tgħid hekk.'

'Fejn mar sabiħ?'

'Id-dinja l-oħra.'

Demmi waqaf f 'kolp.

'Xiex... *miet*?'

'Instab mgħallaq eżatt ma' dik is-siġra fejn kien tgħallaq dak ir-raġel li, speċi, ispira lil Dryder.'

'U din il-pittura ma rahiex?' staqsejtu mbellah.

'Ma nafx għalfejn qed timpressjona ruħek daqshekk?' Staqsieni Molserat b'kalma li tkessħek.

'Kumbinazzjoni li kull meta Dryder tpitter xi ħaġa jinqala' xi inċident?'

'Safejn naf jien l-ebda inċident ma jista' jiġi assoċjat direttament ma' dak li pittret. Sakemm mhux tgħid li kellha xi qawwiet sopranaturali li qed jikkawżaw dan kollu.'

'Imma wisq kumbinazzjonijiet li ġraw tant affarijiet relatati... u dan jerġa' *qabel* l-inċident li kellha fis-snin ta' wara..'

'Sur Gramer, Dryder ma kinetx xi saħħara. Il-pittura hi li hi, issa sta għan-nies li jinterpretaw is-sitwazzjonijiet kif iridu. Issa se nitkellem fuqek - u skużani jekk se nkun ftit dirett - imma mhux qed tirreaġixxi differenti min-nies l-oħra. Naturalment kulħadd għandu l-opinjoni tiegħu.'

'Sur Molserat,' għedtlu biex niddefendi lili nnifsi, 'm'iniex tip li ninħasad bix-xejn jew malajr imma ċ-ċirkostanzi kif inzertaw juru ċerta rabta. Ħafna min-nies bħali jifhmuha, iridu jew ma jridux.'

'Jekk trid nistgħu noqogħdu niddiskutu dan kollu imma naħseb għandek mistoqsijiet ferm iżjed interessanti xi ssaqsini,' kompla Molserat qisu biex jisfidani.

Ħallejna ftit skiet jifforma bejnietna kemm l-affari tikkalma. Aktarx konna qed naqraw moħħ xulxin: wieħed jifli u janalizza; l-ieħor jissottometti u jirreaġixxi.

'Foster mela nstab mgħallaq. Kien hemm xi indikazzjonijiet li juru x'wassal għal dan?'

'L-eċċentriċità tiegħu setgħet serviet ta' mezz imma ma naħsibx li kienet il-fattur finali. Ma nstabux noti ta' suwiċidju - li f'bosta mill-każi jkunu dejjem preżenti fil-postijiet tal-vittmi. Il-każ tiegħu ma damx ma ngħalaq u skont għajdut li smajna kemm Dryder u jien, xeba' minn ħajtu u ħeles. Oħrajn qalu li kien qiegħed f'xebgħa dejn man-nies u telaq b'dan il-mod. Insomma, wara kulħadd għaref.'

'Dryder x'taħseb? Speċjalment meta f'dawk l-aħħar xhur kienet tagħmilha miegħu?'

'Kienet ixxokkjata mingħajr dubju ta' xejn imma x'setgħet tagħmel? Ħadd ma seta' jagħtiha tort.'

'U int x'taħseb?' dawwart il-mistoqsija fuqu.

Molserat nefaħ, sinjal ċar li ma riedx ikompli jenfasizza fuq din is-sitwazzjoni.

'Li naħseb - u se nagħlaq dan l-argument hawn bih - hu li Foster ma kontx teħodlu kopja. Iddispjaċieni għalih veru - minkejja li ma kontx nafu - imma l-ħajja tkompli.'

Leħnu kesaħ, u bit-ton enigmatiku u biered li bih qal l-aħħar sentenza, anke jien ħassejt ġismi jqum xewk xewk għal kliemu.

Evan, tħallihx jimpressjonak. Dawn kollha teatrini.

'Mela dak l-episodju nistgħu ntemmuh hemm. Issa nimxu ftit iżjed 'il quddiem lejn is-sajf li kien riesaq. Għandi kurżità jekk irnexxilhiex tiftaħ il-kaxxa ta' zijuha!'

Molserat offra ħoss ta' tbissima dgħajfa.

'Temmen li rnexxielha tiftaħha?'

'Sabitu l-muftieħ mela?' għedtlu b'nofs tbissima.

'Mhux eżatt. Ejja ngħidu li wżat metodu mhux wisq konvenzjonali.'

Kelli l-impressjoni li mhux se tkun aħbar sabiħa.

'Darba minnhom - minn kif fissritli - kienet qed toqrob li terġa' tibda l-iskola. Qabżitilha u qabdet tpitter il-kaxxa bil-bieba miftuħa. Għamlitha sforz ir-rabja li kellha u l-iskop ewlieni kien li tiżvoga....'

Molserat waqaf jitkellem f'kolp, bħallikieku jistedinni biex inkompli fejn ħalla.

'Qed tgħidli li mbagħad sabitha miftuħa?' staqsejtu bla ebda serjetà.

'Kif indunajt?' staqsieni qisu jilgħabha tal-baħnan.

Ma flaħtx inżomm iżjed: infqajt nidħak.

'Tajba din Sur Molserat!' għedtlu nurih kemm kont xettiku.

'Mhux temminni?'

'Għadek kemm stqarrejt ftit ilu li ma kinetx saħħara.'

'U mhix,' qalli bl-akbar serjetà.

'Madankollu għandna każ ieħor fejn permezz ta' pittura r-realtà - ejja ngħidu - "inbidlet" għas-sitwazzjoni tal-artista.'

'Naħliflek li ma kellhiex intenzjoni li tiftaħha b'dak il-mod.'

'L-ebda moħħ loġiku mhu se jasal li jaħseb hekk!'

'Imma ġrat... u kienet kuntenta.'

'Ma nagħmlux mod li zijuha jew forsi ommha nsewha miftuħa hux hekk? Almenu l-loġika s'hemmhekk tasal.'

'Mhux il-mod ta' *kif* kienet miftuħa.'

'X'jiġifieri?'

'Biex nispjegalek: fuq il-pittura, bla fini ta' xejn, l-għatu ħallietu mgħolli f'nofs l-arja. Fir-realtà hekk sabitu, bla ebda spjegazzjoni ta' kif seta' jżomm waħdu f'dik il-qagħda. Kien litteralment qed jeħodha kontra l-gravità basta...'

'...basta jaqbel mal-pittura tagħha,' żidthielu jien bla tlaqliq.

'Hekk hu Sur Gramer, ma nistax nispjegaha aħjar.'

'Allura kemm għadda żmien minn xħin lestiet il-pittura sakemm sabitha hekk?'

'Milli niftakar il-maħżen kienet tmur kuljum biex tieħu xi prodotti ħalli tkompli timla l-ispazji vojta fuq l-ixkafef. *Qatt* ma sabitha miftuħa. Dakinhar biss li ħasset li l-pittura lesta li fettlilha tmur tittawwal. Emminni hi kienet maħsuda u daqstant ieħor jien xħin irrakkontatli.'

F'dan il-punt qabadni fuq sieq waħda u malajr komplejt b'mistoqsija ġdida li għal dak il-waqt kienet tagħmel sens..

'Sabet xi ħaġa ġo fiha allura?'

'Xejn,' qalli b'leħen tqil.

'Aħ! Ġietha ħażina mela.'

'Dakinhar kienet vera ddispjaċuta. Biss għaddew il-ġranet u malajr għaddielha.'

'Minuta waħda,' għedtlu nieqaf fuq punt importanti, 'l-għatu għalqitu warajha?'

Molserat qisu nfixel... imbagħad tenna.

'Għal mument ġejt f'dubju saqsejthiex... imma iva... qed niftakar li kont ġbidtilha l-attenzjoni. Tammetti li sabitu merfugħ qisu milqut minn xi maġija imma xħin ġiet biex tagħlqu ma offriex reżistenza.'

'U meta fetħitu drabi oħra...'

'Qatt ma reġa' nfetaħ,' qatagħli kliemi.

'Għax ma kellhiex għalfejn tiftħu?'

'Le, għax ma setgħetx.'

Bdejt inteptep għajnejja.

'Żomm ħa nipprova nifhmek. Għamlet pittura, ħasset li hi lesta, sabet l-għatu miftuħ u l-kaxxa kienet battala. L-għada - jew meta reġgħet marret tiċċekkja - l-għatu reġa' ma setax jinfetaħ. Hekk trid tgħid?'

'Preċiż.'

Bdejt inħokk rasi.

'Sur Gramer, biex inkun ċar daqs il-kristall miegħek immaġina li kellha tagħmel pittura oħra biex terġa' tiftaħ l-għatu.'

Owkej, stajt nikkonferma f'dan il-punt li din kienet l-aktar diskussjoni assurda li kont parteċipant tagħha minn kemm ilni nagħmel l-intervisti. U minkejja dan kollu, l-agħar kien għadu ġej għax l-aktar mistoqsijiet jaħarqu konna għadna lanqas bdejniehom.

'Sur Molserat skużani imma ħallejtni bla kliem. Każ vera kurjuż li jaqa' f'dik il-kategorija ta' każi inspjegabbli,' u din għedthielu bl-aktar mod pulit li stajt.

'Nifhem in-nuqqas ta' kredibilità tiegħek Sur Gramer tħabbilx rasek. Biss Dryder kellha l-modi tagħha kif turik jekk storja hux ġenwina jew le.'

Qaħqaħt tnejn u biddilt il-pożizzjoni tiegħi fuq is-siġġu.

'Sur Molserat naħseb issa wasal il-mument li nidħlu f'parti kruċjali u l-fatt ewlieni għalfejn ġejt biex nagħmillek l-intervista. Minn dak li ntqal s'issa ġa bdejt nieħu xi spunti imma tajjeb li safejn possibbli niddiskutuhom bejnietna. X'taħseb?'

'F'idejk Sur Gramer,' qalli, u b'hekk jagħtini l-kunsens li nista' nkompli.

'Sur Molserat, fil-karriera tagħha, Dryder baqgħet magħrufa għat-tpinġijiet li għamlet. Biss kien hemm ħames pitturi partikolari li qatt ma xxandru imma hemm xi każi interessanti marbuta magħhom. Għandna informazzjoni li ġieli kkummissjonawha biex tagħmel pitturi privati u dawn il-ħamsa ġibdulna l-attenzjoni. Abbli taf għal liema qed ngħid.'

Molserat ma rajtux imejjel rasu imma ħadtha li qabel mal-kumment tiegħi.

'Dawn il-pitturi jinqasmu f'żewġ kategoriji - tnejn li affettwaw persuna jew tnejn; tlieta li affettwaw gruppi sħaħ.

'Nibdew bl-ewwel pittura li se nsemmuha Il-Bejta. Ġo fiha tidher mara tqila sewwa bilqiegħda fuq bank ġo ġnien. Il-mara għandha jdejha ma' żaqqha imma l-ħarsa tagħha - diretta lejn il-pubbliku - mhux kuntenta. Minn lat ta' kif tħares lejn il-pittura esternament ma jidher li hemm xejn ħażin. Biss meta wieħed jifli ċerti dettalji jibdew jitqajmu bosta mistoqsijiet.

'Nibdew miż-żaqq. Bħala forma hi u d-dahar jinsabu f'ċirku perfett, wisq perfett tant li t-tqala ma tidhirx normali. Idejn il-mara jidhru fuq iż-żaqq imma mhux taħt forma ta' żegħil; aktar qishom impoġġija isfel nett - fejn normalment tkun ir-ras tat-tarbija - jagħfsu *kontra* l-wild. Il-ħarsa tal-mara kif għedt mhux waħda pjaċevoli imma tidher imnikkta. Anke l-fatt li qed tħares lejk - u mhux lejn żaqqha, kif normalment tkun mara f'dan l-istadju - tagħmlek skomdu tibqa' tifli l-pittura. Jekk tgħarbel kollox timmaġinaha li t-tarbija ma tridhiex u f'dik is-sekonda qed tipprova toqtol il-wild ta' ġo ġufha, jew inkella qed "tfittex" l-għajnuna minn min qed iħares lejha biex jeħlisha minn din is-sitwazzjoni.

'Din il-pittura Dryder għamlitha lil ċertu familja nobbli li tgħix fil-Ġermanja. Taf biha?'

'Iva mela u int offrejt interpretazzjoni interessanti,' qalli Molserat b'ton ta' kurżità f'leħnu.

'Taqbel ma' li għedt jew le?'

'Huwa possibbli li ħarġu dawn id-dettalji.'

'Jiġifieri ma jidhirlekx li għamlithom?'

'Sur Gramer, il-faxxinu ta' pittura hu li minn lat kapaċi toffri perspettiva, u minn lat ieħor din l-istess perspettiva tinbidel jew tinqaleb ta' taħt fuq. Qed ngħidlek minn żewġ angoli li huma relattivament qrib ta' xulxin. Minbarra dan irridu nikkonsidraw anke kif jaħdem moħħ il-bniedem. Hemm min ċirku kapaċi jgħidlek li hu laringa u hemm min jinterpretah bħala ħawħa.'

'Imma *int* kif taraha din il-pittura?'

'Mara tqila bilqiegħda tistenna li jiġi l-mument tal-ħlas.'

'U hi kif kienet taraha?'

'Qatt ma kkummentat, tal-inqas quddiemi ħa ngħid hekk,' saħaq Molserat jinstema' ċert minnu nnifsu.

'Fhimtek. Pjuttost iċ-ċiklu naturali tal-affarijiet.'

'M'hemmx għalfejn tara l-ħażin f'kollox.'

'Jiġifieri kif qed tgħidli, din m'hemmx intenzjonijiet koroh warajha?'

Molserat ma weġibnix direttament.

'*Int* kif taraha?'

'M'iniex xi kritiku tal-arti imma onestament dik iż-żaqq forma ta' ċirku baqgħet timpressjonani.'

'Għax perfett? Dryder saħqet li ma ġiex perfett mal-ewwel imma wara bosta tentattivi.'

'Aktar minn hekk it-tifsira warajh. Ċirku nafu bħala simbolu
ġeometriku li dejjem jibqa' għaddej. Iġegħlek tifhem li din it-tqala
donnha permanenti.'

'Interessanti. Qisek qed tgħid li mhux se jkun hemm tnissil.'

'U forsi l-mara għalhekk tidher imdejqa, sal-punt li tixtieq teħles
mit-tarbija bi kwalunkwe mod, anke jekk dan ifisser toqtlu.'

'Mmm...' tenna Molserat, fejn stajt inqis li kien affaxxinat mit-tifsira
tiegħi.

'Taħseb li qrobt lejn dak li kellha f'moħħha?'

'Dik ma nistax ngħidhielek. Biss għalija nqisu disinn normali. Li tara
fuqu huwa dak li riedet tfisser,' qatagħli minnufih.

Biss kien hemm xi ħaġa f'leħnu... bħallikieku ried jgħatti xi
informazzjoni...

'Nissoponi li din opinjoni tiegħek biss jew smajtha minn xi mkien?'
Tbissimt.

'Opinjoni tiegħi, imma li ġara lis-sinjuri li fdaw fi jdejha l-biċċa
tax-xogħol hu ta' min jikkonsidrah għal diskussjoni wkoll.'

'X'taf eżatt?' Kulma staqsieni Molserat.

'Skont id-dettalji li għandna, il-koppja riditha toħloq pittura li
tirrappreżenta lis-sinjura għax inzertat tqila. Insomma, Dryder siefret
u damet għandhom xahrejn. Malli ħelset ġiet lura u s'hemmhekk xejn
partikolari. Il-bużillis beda ftit jiem wara.

'Il-pittura tpoġġiet ġo kuritur ċentrali fid-dar b'tali mod li tingħata
prominenza. Il-kuritur kien jgħaqqad miegħu sala ċkejkna - fejn is-sinjuri
kienu ta' spiss jistiednu nies ta' ċerta kariga għal festini aristokratiċi
tagħhom - ma' sala oħra ta' rikreazzjoni fejn min kien jiġi ospitat seta'
jgħaddi ftit ħin għal kwiet jaqra xi ktieb jew jilgħab ċess. Parti oħra
mill-kuritur kienet tagħti għall-entratura. B'hekk il-pittura kienet tkun
diffiċli ma tidhirx min-nies preżenti.

'Lejl minnhom is-sinjura fettlilha tqum biex tippassiġġa ftit. Kienet
ħaġa normali li tagħmel hekk f'dak il-perjodu. Is-sinjur kien draha li ma
kellhiex bżonn assistenza u għaldaqstant baqa' fis-sodda.

'Is-sinjura mxiet safejn kien hemm il-pittura u waqfet taraha. Kienet għadha qed titpaxxa biha. Hi u tħares lejha qagħdet tifliha aktar biex jgħaddi l-ħin milli għax vera kien hemm bżonn. Sadanittant waħda mis-servi ta' billejl kienet fis-sala tar-rikreazzjoni u ħarġet fil-kuritur. Rat lis-sinjura quddiemha, u minkejja li kellha ordnijiet speċifiċi li ma tkellimhiex sakemm din issejħilha, iddeċidiet li - biex tkun pulita - xorta tgħaddilha kelma.

'Kien hawnhekk li s-serva waqfet tħares lejn is-sinjura. Donnha ratha tiċċassa lejn il-pittura u l-lingwaġġ tal-ġisem kien iżjed qed juri li l-mara qisha spiċċat f'estasi. Is-serva għajtitilha imma s-sinjura ma kellmithiex. Reġgħet għajtitilha - kull darba tersaq pass eqreb - u xorta ma rċivietx risposta. Malli kienet kważi fuqha, idejn is-sinjura telgħu għal wiċċha u din filli tgedwed u filli nfexxet twerżaq qisha l-miġnuna.

'Is-serva tgħidx kemm inħasdet u għal ftit sekondi rat lis-sinjura xxejjer idejha waqt li għajnejha baqgħu mwaħħlin fuq il-pittura. Is-serva marret dlonk tgħinha. It-twerżiq ma damx ma qajjem il-villa kollha u s-sinjur bilġri ġie jara x'inhu jiġri. Miegħu kien hemm żewġ servi rġiel.

'Lis-sinjura sabuha kokka mal-art tagħti kemm tiflaħ fuq wiċċha, bis-serva tipprova trażżanha biex ma tweġġax lilha nnifisha. Is-sinjur dlonk mar fuqha u għannaqha miegħu. Fi ħdanu dehret tikkalma, imma hu ried spjegazzjoni.

'"Ħarsu lejha! Ħarsu lejha!" Bdiet twerżaq il-mara. Is-sinjur għal mument ħaseb li kien qed jirreferi għas-serva, imma xħin ra lejn xiex kienet qed tipponta, għajnejh marru għall-pittura, speċifikament il-mara.

'Is-sinjur ipprova jikkalmaha biex jevitaw li tagħmel ħsara lilha nnifisha, lit-tarbija u fuq kollox biex jifhem x'riedet tgħid. Is-sinjura iżda waqfet titħabat sal-punt li ma tħarrkitx iżjed. Filli mitlufa f'paniku, filli stirata qisha mejta. Is-sinjur qabdu l-paniku u l-istint qallu biex jerġa' jeħodha fuq is-sodda. Bi ftit tqandil u sforzi wassluha u serrħuha. Is-sinjur ordna lis-servi biex jibqgħu ftit għassa miegħu llejla għax probabbli laqtet xokk minħabba tqala u forsi terġa' tirkupra mas-sigħat li kienu ġejjin.

'Ġara li l-kundizzjoni tagħha spiċċat permanenti. Is-sinjura litteralment waqgħet f'koma.

'Ħaduha l-isptar u t-tobba ntefgħu jeżaminawha. Ħadd ma seta' jaqbad art x'kien ġara biss il-koma kienet l-aktar soluzzjoni plawsibbli.

'Ipprovaw isalvaw ukoll lit-tarbija, għaldaqstant it-tqala ħadu ħsiebha sal-mument tal-ħlas. Minħabba n-nuqqas ta' koperazzjoni tal-omm, saret operazzjoni pjuttost diffiċli u wara ma nafx kemm-il siegħa, it-tarbija rnexxielhom joħorġuha mill-ġuf... mejta.

'L-omm qatt ma ġiet lura f'sensiha.

'Is-sinjur - mingħajr dubju ta' xejn - laqqat xokk b'din id-doppja aħbar traġika. Tant ġie kollox f'salt li moħħu ma setax jistrieħ qabel isib raġuni għala ġara dan kollu. Waħħal fit-tobba u l-infermiera imma dawn stqarrew bosta drabi li għamlu l-impossibbli biex l-operazzjoni tirnexxi. Mil-lat xjentifiku ma setax isib soluzzjoni. Kien hawnhekk li pprova jsib rimedju mod ieħor, inqas loġiku. Weħlet ma' rasu dik il-pittura. Il-punt li l-pittura kienet l-aħħar ħaġa li ħarset lejha l-mara kien qed iġegħlu joħloq teoriji fantastiċi u minn bniedem għaqli qabad it-triq tal-bluha.

'Beda jgħid li kien qed jisma' leħen martu ħiereġ mill-pittura fejn kienet qed titolbu bl-akbar ħniena biex jeħlisha minn dak il-post. Ħalef ukoll - u għal iżjed minn darba - li l-mara tal-pittura kienet qed tbiddel l-angoli biex turih li hi "ħajja". Dan l-għajdut ma setgħu jikkonfermawh bl-ebda mod is-servi - għax naturalment ma kienu qed jaraw u jisimgħu xejn. Biss, bdew jibżgħu kemm mill-pittura u kemm mis-sinjur sal-punt li telqu mill-villa.

'Il-ġenn tas-sinjur tant iggrava li kien jispiċċa jagħmel sigħat twal jitkellem mal-pittura qisu xi ħadd imxajtan. Il-pittura ma setax ikissirha għax kien qed jibża' li b'hekk joqtol lil martu, li fiżikament kienet għadha f'koma. Daħal fi stadju fejn marad b'moħħu u kellhom jaqfluh ġo sptar mentali. Hu u martu tista' tgħid li mietu mentalment mitlufin.

'L-affari kienet tieqaf hemm li kieku mhux għal inċident ieħor li seħħ wara l-mewta tagħhom. Kien hemm ħabib kbir tal-koppja li mar iżur il-villa bil-ħsieb li jara x'kien jeħtieġ isirilha ħalli din ma taqax fi stat ta' żdingar. Filwaqt li ma ra xejn ħażin fil-villa, malli ħares lejn il-pittura ħa x-xokk ta' ħajtu. Kien hemm *raġel* fejn il-mara, b'idu fuq spallitha. Hu kien ra l-pittura biżżejjed biex ikun jaf li dak ir-raġel ma kienx *fiha*. U biex tgħaxxaq dan kien jixbah lis-Sinjur.

'Il-ħabib tagħhom kien iħobb juża djarju li fih kiteb dak li ra. Għamel hekk biex mingħalih ma joħloqx furur imma għarralu bl-ikrah. Ġara li xi ġimgħat wara kien involut f'inċident tat-traffiku u tilef ħajtu. Min qara d-djarju qabbel l-affarijiet flimkien u l-villa ġiet ikkundannata.

'Il-villa baqgħet battala minn dak iż-żmien u ħadd ma wera interess li jerġa' jidħol fiha. Il-pittura baqgħet hemm ġew bla mittiefsa. Għad hemm xnigħat li n-nies jisimgħu krib ta' mara tqila ħierġa mill-villa.'

Ħallejt ftit sekondi jgħaddu kemm nieħu nifs.

'Pjuttost aġġornat fuq il-każ,' qalli Molserat ironikament.

'Dak xogħli,' għedtlu b'ċerta kburija f'leħni. 'Tikkonferma dawn il-punti?'

'Nista' ngħid li kollox korrett - minn xi għajdut li smajt jien ukoll - minkejja li dak l-episodju ta' seħibhom u d-djarju ma kont naf xejn fuqu'

'U m'għandekx xi kummenti xi żżid?'

'Każ misterjuż,' qalli xott xott.

'U Dryder kif ħaditha? Semgħet bis-sitwazzjoni?'

'Li semgħet iva, imma qatt ma naf li kkummentat.'

'Biss?' Insistejt jien.

'Sur Gramer,' qalli, b'ton ftit tedjanti, 'x'int tippretendi li ngħidlek?'

'Ifhem, int kont l-eqreb persuna lejn Dryder. Int li tista' tifrex ftit dawl. Kieku ġrat lili onestament kont ninkwieta fuq kif seħħ kollox.'

'Bħallikieku qed tgħid li hi kienet involuta fil-ġenn tagħhom?'

'Ħeqq minn xħin lestiet il-pittura ħajjithom tfarrket.'

'Dryder pittriċi mhux psikopatika,' qal Molserat jiddefendiha.

'Kellha idea li kellhom dan il-ġenn fil-familja?'

'Qatt ma semmietli xejn u għaldaqstant għandi nifhem li għaliha dehru bħala koppja normalissima.'

'U minn xħin daħlet il-pittura f'ħajjithom, ir-rutelli tkissru.'

'M'għandha l-ebda responsabbilità fuq dak li ġara. Każ kurjuż u drammatiku fejn hi nzertat kellha x'taqsam sal-punt tal-pittura. Imma mill-pittura lura nista' ngħid li setgħet taħsel idejha fuq dak li seħħ bejniethom.'

'Bqajt qatt ma sirt taf għalfejn is-sinjura riedet dak iċ-ċirku perfett u dik il-ħarsa diretta?'

'Dryder qaltli li hekk riduha u hi sempliċement imxiet fuq il-gwida tagħhom. Minn lat artistiku ma rat xejn ħażin fiha.'

'U minn lat, uman?'

'Kif skużi?'

'Onestament kif ħassitha, meta tikkonsidra li mhux in-norma f'pittura serja?'

'Jiddependi x'tifhem bħala norma f'pittura serja. Hawn pitturi serji li mhux normali.'

'Ma setax forsi kien sinjal li l-mara... mhux stabbli għalkollox? Jiġifieri punt għal riflessjoni?'

Molserat infaqa' jidħak, tant li ħadni għall-għarrieda.

'Sur Gramer, qed tipprova ssib ix-xagħra fl-għaġina. Ġara li ġara għax ġara. Ħadd ma kellu kontroll fuqha l-affari.'

Għarbilt kliemu u b'sebgħi mellist xufftejja.

'Nemmen li għadek trid issemmi l-pitturi l-oħra? U nifhem li kollha sibtulhom każ partikolari relatat magħhom?' Staqsieni hu qisu jrid jisfidani.

'Hekk hu, inkella l-artiklu ma jkunx interessanti,' għedtlu nitbissem għall-fatt li beda jħossu skomdu.

Bil-mod il-mod qed inġibu fejn irrid jien.

'Mela ngħaddu għat-tieni pittura. Ħa nsejħulha Kotra. Dryder ġiet imqabbda minn proxxmu - li ħa nindirizzawh bħala Esva - biex tagħmel suġġett li għal ħafna nies jitqies detriment: raħal miksi bil-ġrieden. Esva riedha tpitter triq mimlija ġrieden, liema ġrieden kienu qed jgħixu kuntenti jitrejqu minn fuq il-ħmieġ u fdalijiet li kienu jsibu, u liema triq kienet waħda mill-ħafna f'dan ir-raħal bla isem.

'Skont informazzjoni li għandna Dryder għamlet ftit riċerka u esperimenti biex tilħaq il-livell ta' moqżiżerija li wriet fil-pittura. Fost dawn, intefgħet fi rkejjen fejn kien hemm drenaġġ u ħmieġ preżenti u qagħdet tifli l-attitudni ta' dawn il-bhejjem. Imma ma waqfitx hawn. Ipprovat ukoll toħloq bejta bihom biex tkun tista' tikkontrollahom bla ma ħadd idejjaqha. Tajjeb ngħid li f'din il-bejta kellha madwar tletin ġurdien?'

'Minn kliemha nikkonferma u nista' ngħid li ma kienx l-eħfef proġett tagħha, imma kienet affaxxinata bl-isfida. L-annimali - kif għedtlek minn żmien Foster - mhux l-aqwa mudelli biex tpitter u għaldaqstant riedet tara dawn ir-rodenti x'tip ta' problemi kienu se joffrulha. Niftakarha tgħidli li baqgħet skantata kemm kienu "dixxiplinati" - meta toffrilhom x'jieklu.

'Għamlet mill-inqas tliet xhur teżamina sakemm rat li ma kellhiex bżonn iżjed riċerka. Jum minnhom intefgħet tpitter u qaltli li lestietha fi żmien ġimgħa. Skont hi - u naf li forsi tinstema' skabruża l-affari - kienet waħda mill-pitturi li vera ħassitha kburija biha.'

'Aktarx minħabba kemm ġabithom reali?'

Molserat instema' jitbissem.

'Rajtha?' staqsieni kurjuż.

'Għandi l-informazzjoni.'

'Iddeċidiet li tiffoka iżjed fuq l-annimali milli l-inħawi, għaldaqstant il-kobor tagħhom hu impressjonanti u l-imġiba tkessħek.'

'Fihom daqs bniedem hux?'

'Ma neżaġerawx. Jidhru mill-qrib imma mhux mostri.'

'"Mostri" kelma interessanti f'dan il-kuntest. Annimal żgħir imma tal-għaġeb il-ħerba li jagħmel.'

'Nissoponi li taf bil-każ li hemm wara l-pittura?'

'Li nista' ngħid li min ordnahielha nstab mejjet, u jekk ma tridx imgerrem.'

'U naħseb se twaħħal fil-ġrieden ta' ġol-pittura?'

'Mhu se nwaħħal f'xejn, imma l-fatti juru li dan l-imsejken temm ħajtu bħala pranzu għall-ġrieden, jew almenu l-gdim li sabu fuqu hekk juru.'

'*Int* x'taħseb imma Sur Gramer?'

'Kont ngħid li forsi kien hemm xi bejta maġenb jew taħt daru li forsi ma kienx jaf biha, imma r-raġel inzerta veru nadif, u jerġa', il-ġrieden mhux se jattakkaw sakemm mhux bħala protezzjoni jew għax vera mejtin bil-ġuħ. U biex inkun għedt kollox, l-eqreb bejta li nstabet kienet xi ħamsin mil 'il bogħod f'żona ta' drenaġġ. Ried altru jkollhom għalih u jafuh biex sabuh, li mhux loġika meta tqis l-annimali. Veru li intelliġenti, imma mhux għaref daqshekk.'

'Imma għandek xi konklużjoni?'

'Loġika?'

'Nippresumi.'

'Huwa każ li jrid aktar investigazzjoni. Biss, għandi mistoqsija: x'ġiegħel lil dan Esva, bniedem li kif għedt kien pulit, irid pittura ta' din it-tip?'

'M'*għandekx* dik l-informazzjoni?' staqsieni kurjuż.

'Le jiddispjaċini,' għedtlu ċar u tond.

Gemgem xi ħaġa minn taħt imma ma stajtx nifhmu.

'Il-klijent tagħha kien jibża' mill-ġrieden, għalhekk riedha tagħmilha.'

'Din isbaħ...' għedtlu perpless. 'Imma kif...?'

'Fid-dinja hawn żewġ tipi ta' nies,' qalli Molserat jispjega ruħu, 'hawn min jibża' minn ħaġa u jaħrabha jew jibża' minnha u jisfidaha. Il-klijent kien wieħed minn dawn tal-aħħar. Riedha tagħmel pittura biex kull meta jħares lejha jagħmel pass 'il quddiem biex ma jibqax jibża' minnhom. Jekk l-affari ħadmitx jew le tibqa' misteru għal kulħadd.'

Kien hemm punt ieħor li ridt ninkludi f'din il-konverżazzjoni.

'Jekk rajtha, naħseb li tiftakar kif kienet il-pittura?'

'Ħafna ġrieden ġot-triq,' qalli xott xott.

'Ġrieden biss, ma kienx hemm bnedmin ġo fiha?'

'Qatt ma smajt li kien hemm bnedmin. Dryder stess qaltli li dan Esva speċifikalha li annimali biss ried jara. Skont hu l-bnedmin setgħu jtellfu l-attenzjoni minn fuqhom.'

'Kurjuża l-affari,' għedt b'leħen baxx imma biżżejjed biex jinftiehem.

'Kif Sur Gramer?'

'Meta Esva nstab mejjet in-nies li ċċekkjawh raw din il-pittura - peress li kienet impressjonanti - u ħalfu li ġo fiha, ftit wara l-kotra imma jidher sew, kien hemm persuna mhux identifikabbli mimduda mal-art. Possibbilment mejta. Żgur li ma pittrithiex hi?'

'Safejn naf jien le,' qalli Molserat determinat, u fl-istess ħin jinstema' interessat.

'Allura din il-persuna kif spiċċat ġol-pittura?'

'Lili se ssaqsi Sur Gramer?'

Mela lil min tridni nsaqsi, lil Dryder? Xtaqt insaqsih.

'Fuq dan il-punt abbli Dryder taf aktar minni imma tal-inqas naf li lejn dan Esva qatt ma reġgħet resqet.'

Din mhix loġika!

Il-perplessità tiegħi żdiedet. Kien fadal tliet pitturi imma s-sens komun kien vera qed ibati biex jieħu postu. Il-problema għax is-sorsi kienu sodi imma l-evidenza kienet qed tisfida r-raġuni. Ħsibt li Molserat s'issa kien se jgħaddili xi tagħrif li ma konniex nafu bih, imma altru kliemu kien ġenwin (minn fomm Dryder għal widnejja) u ma jafx daqsi kif l-affarijiet żviluppaw ruħhom, jew qed jgħatti apposta u għaldaqstant jieħu gost jilgħab logħba mentali kontrija biex nasal għal konklużjoni waħdi.

'Sakemm m'għadx fadallek xi żżid nistgħu ngħaddu għal pittura oħra,' stedinni, jarani fis-silenzju għal bosta minuti.

Ħassejt li beda jgħaġġel fid-diskursata.

Tgħid ried jeħles malajr? Ingidem forsi? Kellu x'jgħatti u ppreżentajt ruħi bħala problema quddiem għajnejh?

Iddeċidejt li nitfa' iżjed pressjoni fuq l-aħħar tliet pitturi.

'Mela l-pittura li jmiss ħa nsejħulha Sogħba. Waħda mill-eħfef pitturi għax bażikament kulma għandek żewġ elementi: tarf ta' pont u baħar ċar daqs il-kristall taħtu. Il-pittura magħmula forma ta' għajn, qisu bħallikieku xi ħadd minn barra qed iħares ġo fiha u viċeversa. Il-baħar tant hu ċar li jiġbdek... taqbeż għal ġo fih. S'hawnhekk xejn ta' barra minn hawn. Madanakollu, din il-pittura ħalliet warajha numru ta' vittmi wkoll - biex inkunu preċiżi qrib sittin. Kollha mietu aċċidentalment jew minn jeddhom - sittin suwiċidju.

'Il-pittura ġiet ordnata minn entità f'isem komunità sħiħa. Din il-pittura tqegħdet b'mod prominenti f'sala fejn isiru l-laqgħat. L-ewwel vittma kienet eżatt jumejn wara li din tpoġġiet hemm. Il-vittma kienet magħrufa bħala persuna b'saħħitha bla ebda sinjali ta' dipressjoni jew tendenzi ta' dan it-tip. Kulma għamlet il-persuna ħarset lejn il-kwadru, u skont li nafu, flietu xi darbtejn biss. Instabet mejta meta marret taqbeż minn fuq irdum, hekk bla kliem u bla sliem.

'It-tieni vittma kkonsmat xi velenu meta kienet għadha f'sensiha; it-tielet u r-raba' vittmi nstabu fejn xulxin u dehru li qishom għamlu patt bejniethom u ħanxru għonqhom; u l-lista tkompli għaddejja b'iżjed traġedji - uħud minnhom iżjed grassi minn oħrajn. Ħadd ma seta' jsib spjegazzjoni loġika, ħlief li kollox beda minn punt fundamentali.'

Waqaft apposta biex nara x'se jgħid.

'Mill-ġdid qisek qed takkuża lil Dryder bi speċi ta' qtil involontarju,' qal Molserat, jinstema' fiċ-ċar li qed ikun dubjuż mill-fatti.

'Mill-ġdid qed iseħħu l-istramberiji - pjuttost gravi - malli pittura tagħha tidħol fix-xena. Tista' toffrili xi soluzzjoni?'

'Int naħseb bis-serjetà qed taħsibha xi psikopatika.'

'Ma nistax nagħmlilha timbru għax m'hemm l-ebda kuntatt fiżiku bejnha u bejn dawn in-nies, ħlief meta ordnawlha tagħmel il-pittura.'

'Appuntu, mela xi tridni ngħidlek?'

'Għalfejn taħseb li qed jiġru dawn l-affarijiet?'

'Għedtlek, ma kellhiex qawwiet divini. Għalxejn se nipprova nagħtik tifsira.'

'X'kienet ir-reazzjoni tiegħek malli smajt b'dawn il-każi?'

'Ma kontx kuntent hux, minkejja li *kont* kurjuż.'

'Minħabba l-fatt li l-pitturi tagħha kienu qed jagħmlu dawn l-affarijiet impossibbli?'

'Kif qed tpoġġiha, il-pitturi għandhom il-ħajja u qed jaħqru lin-nies. Hux vera?'

'Mhux se nasal sa dak il-punt imma rridu nammettuha li madwarhom l-affarijiet jiġru, u l-ebda waħda mhi sabiħa. Dawk is-suwiċidji eżempju seħħew fuq medda ta' sena; kollha nies li raw il-pittura. Ma kinux nies - jew almenu mhux kollha - suxxettibbli għal dawn il-finijiet tant drastiċi. Biss meta raw il-pittura tħajru jmorru jagħmlu l-att skabruż.

'Biss dan ma kienx kollox. Dik il-pittura tista' tgħid li laqtet "żieda" bħall-oħrajn wara li bdew iseħħu t-traġedji. L-entità li ordnata - u bosta nies oħra - raw qishom linji tawwalija jitfaċċaw fil-baħar. Għall-ewwel ma setgħux jifhmu, u ħasbu li l-ambjent qed jaffettwa l-pittura, imma malli rabtu l-imwiet ma' xħin bdew jidhru dawn l-apparenzi raw li kien hemm sinkronija. Erħilha li kienet ħaġa inkredibbli imma waslu sal-punt li tant beżgħu minnu li neħħewh minn fejn kien qiegħed imwaħħal. Imma billi neħħewh biss ma seħħet l-ebda differenza. Sakemm il-kwadru kien għadu *jeżisti* l-imwiet issoktaw.

'Imbagħad xi ħadd għaddielu minn moħħu li jmur ikissru. Irnexxielu, biss ħaġa tal-iskantament, sabu traċċi ta' ilma fejn kien miksur, qisu *ħareġ* mill-pittura. Dakinhar li nkiser ukoll ġie rrapportat li għal xi ftit minuti nstema' twerżiq mas-sala kollha filwaqt li riħ misterjuż żviluppa ġo fiha u kemm kien hemm ħġieġ u twieqi kollha nkisru.'

Żammejt ton drammatiku f'leħni bħallikieku qed nitfa' fuqha ħtija ta' dak kollu li ġara.

'Kont smajt xi ħaġa imma fejn jidħol kontroll tan-nies jew ta' moħħhom ma nistax nikkummenta,' iddefenda lilu nnifsu Molserat.

'U minkejja dan Dryder ħolqot pitturi li jekk neħduhom bis-serjetà kapaċi jimmanipulaw l-ambjent ta' madwarhom.'

'Minn kliemek inħoss li trid iġġegħelni nammetti ħaġa li int biss taf?'

Ejja wasalna....

'Huwa possibbli li tagħmilha din il-ħaġa?'

'Xiex?'

'Tammetti.'

Il-leħen serju ta' Molserat inbidel f'daħqa twila u passjonali.

'Int bis-serjetà?'

'X'għandek x'titlef? Wara kollox l-identità tagħkom moħbija.'

'Tridni nammetti li Dryder għamlet il-pitturi apposta biex iweġġgħu lin-nies?'

'Ġa huwa pass.'

Molserat kompla jidħak.

Iddeċidejt li nirribatti ftit.

'Qed tidħak biex tipprova taħbi għemilha?'

Id-daħka tmewtet.

'Kif skużi?'

'Ejja Sur Molserat, fhimt x'saqsejtek.'

'Sur Gramer, din l-intervista waslet f'punt ta' interrogatorju u ħerġin numru ta' malafami li kapaċi jduru kontrik. Qis kliemek,' tenna b'nota ta' theddid.

'Tajjeb wisq,' għedtlu kuntent li skomodajtu biżżejjed biex inkompli għaddej u nirfes fuqu. 'Tridni nieqaf?'

Ħadd ma tkellem għal minuta sħiħa.

'Kompli,' inkuraġġieni, jerġa' jaqleb għal tip ta' persuna interessata.

'Ma rrispondejtnix għall-mistoqsija.'

'Kollox f'ħinu u f'waqtu. Ħa nara biex aktar ħiereġ imbagħad - jekk ikun possibbli - noffri risposta.'

Ħa naraw...

'Ngħaddu għar-raba' pittura. Ħa nsejħilha Dija. Hemm djamant f'nofs il-pittura jixgħel b'tali mod li jsaħħrek, aktar milli jagħmik. Kienet għamlitu lil xi persuna li riedet tpoġġih ġo mużew biex ikun attrazzjoni minnu nnifsu..

'Il-pittura, bħal Sogħba, hi sempliċi u minkejja li tolqot l-għajn mhux ħaġa li toqgħod tirrifletti fuqha. L-istramba hi li minn sempliċi attrazzjoni spiċċat punt ta' adorazzjoni. Kulmin jaraha jieqaf fejnha u… jinżel għarkopptejh għal bosta minuti. Xi nies ġew sforzati jitħarrku għax kienu qed iħassbu lil dawk ta' madwarhom. Biss dan ma kienx kollox. Ma' din il-pittura hemm relatat fenomenu inkredibbli. Dawk kollha li waqfu jħarsu lejha… kif nista' npoġġiha… *xjaħu*.'

Molserat ma kkummentax.

'Smajt mingħand xi ħadd jew qaltlek Dryder b'dan il-każ?'

'Smajt mingħandha. Bħall-każi l-oħra kont affaxxinat imma fl-istess ħin bqajt bla kliem. Is-sitwazzjoni li xjaħu f'kolp ma kinetx naturali.'

'Lanqas xejn. Dan trid tqis li biċċiet minnhom kienu persuni ta' għoxrin sena… u fi żmien ftit jiem ġew ta' sebgħin. Sakemm ma tkunx tbati minn Progeria pittura ma tistax taffettwak b'dan il-mod. Naturalment din it-teorija taqa' weħidha għax apparti li suppost taqbdek ħafna kmieni fil-ħajja, hi rari u ma taffettwax daqshekk nies qrib ta' xulxin.'

'Qisek qed tgħid li l-pittura… xorbitilhom ħajjithom.'

'Int kif tpoġġiha kieku?'

'Misteru hux, m'hemmx mezz kif tispjegah. Din il-pittura għandi nifhem li tneħħiet minn postha, però ma ssemmietx li ġara hekk għax affettwat lin-nies.'

'Ma naħsibx li riedu joħorġu dik l-aħbar għax abbli jaqgħu għaż-żufjett. Biss l-inċidenti waqfu dlonk xħin tneħħiet. Sfortunatament qabel ġara dan min ordnaha wkoll laqqatha. Min ħa postu qatt ma sar jaf fejn spiċċat il-pittura. Dryder kif ħassitha?'

'Semmietli biss l-inċidenti imma fuq il-fatt li l-pittura tneħħiet qisha ma tatx kas.'

Mejjilt rasi nifhmu minkejja li xtaqtu jżid xi ħaġa oħra. Din id-darba ma qgħadtx ninħela nistaqsih mistoqsijiet aktar diretti; iddeċidejt li neħles mit-tagħrif kollu l-ewwel imbagħad nerġa' nagħfas fuqhom aktar tard.

'Tajjeb wisq. Ngħaddu għall-aħħar, u dik li nqis l-agħar, pittura. Ħa nsejħulha Is-Sejħa. Għandek passaġġ fil-kampanja dritt li jibda wiesa' min-naħa s'oħra tal-pittura u aktar ma jidħol 'il ġewwa aktar jidjieq. F'nofs il-passaġġ insibu tifel u tifla lebsin pulit iħarsu direttament lejn l-osservatur. It-tifel fuq ix-xellug qed ixejjer b'idu l-leminija filwaqt li t-tifla fuq il-lemin qed tagħmel ġest b'idha x-xellugija qisha qed tistieden lil min jaraħom biex jimxi warajhom. L-idejn l-oħra, ix-xellugija tat-tifel u l-leminija tat-tifla, miżmumin 'l isfel ma' qaddhom bla ebda sinjal ta' moviment.

'Il-pittura hi innoċenti ħafna u ġiet ordnata minn klijent ftit partikolari. Dryder intgħatat kamra fejn ħadmet fuqha għal ftit ġranet. Wara li ħelset minnha, waqt li l-artista telqet lura lejn darha, il-pittura tpoġġiet f'sala, S'hawnhekk xejn stramb. L-istramberija ġrat xi erba' snin wara... meta tfaċċat xebba ġo għassa tal-pulizija.

'Ix-xebba tant kienet f'qagħda ħażina li lanqas setgħet titkellem sewwa. Bdiet titlob għall-għajnuna u fost l-ilfiq u kliem ma jinftiehemx, issoponew li ħarbet minn xi mkien fejn kienet priġuniera. Marru dlonk jinvestigaw u sabu ruħhom quddiem dar abbandunata li kienu jafu li ma fiha xejn speċjali. Ix-xebba mexxiethom lejn żona partikolari fejn uriethom dak li deher bħala bieb tal-ħadid fl-art ftit metri mid-dar. Tathom sinjal biex jiftħuh. Wara l-bieb sabu taraġ li kien jagħti għal xi maħżen taħt l-art.

'Dak li skoprew hemm isfel qatgħalhom nifishom.

'Ġo sala kbira - fejn milli jidher kienu jiltaqgħu għal xi laqgħat - sabu straġi sħiħa. Iġsma fuq iġsma: mixħutin mal-art; imwaħħlin mal-ħitan jew imdendlin mis-saqaf; għadajjar ta' dmija... kien seħħ massakru.

'Għall-ewwel x'ġara bejn dawk l-erba' ħitan ma setax jinftiehem imma bejn li x-xebba biż-żmien ħarġet mit-trawma li kellha u spjegat ruħha, u bejn li l-pulizija rnexxielha tgħaqqad il-biċċiet tal-misteru flimkien, ġie magħruf li dik ix-xena makabra ppreżentat l-aħħar att li l-mexxejja riedet twettaq. Ix-xebba baqgħet ħajja għax stqarret li l-mexxejja ġiet ordnata tagħmel dan… u l-ordni tawhielha t-tfal tal-pittura.'

'Ovvjament,' Molserat infaqa' jidħak.

'L-istorja bdiet meta l-persuna li qabbdet lil Dryder milli jidher kienet tmexxi xi kult fejn imliet moħħ ħafna nies biex jibdew jgħixu taħt l-art għax kienet se tfaqqa' gwerra nukleari. Dawn in-nies ma kinux eżatt mill-post imma ġew minn diversi lokalitajiet fejn in-nuqqas tagħhom ma ġiex irrapportat u għaldaqstant ma ġibdux l-għajn. Spiċċaw membri leali u fost ħafna brainwashing, fehmu li l-unika mezz ta' fejda kien li jisimgħu mill-mexxejja tagħhom. It-tfal naturalment ma kellhomx dritt jitkellmu.

'Is-sitwazzjoni għaldaqstant kienet ġa drastika, iżda kellha tiggrava iżjed.

'Minn fomm ix-xebba ħarġu stejjer tal-waħx fejn twettqu abbużi mill-adulti fuq it-tfal. Il-mexxejja qalet li t-tfal tal-pittura - li safrattant issemmew Rohan u Riley - riedu l-enerġija u d-demm tal-innoċenti biex jibqgħu ħajjin, bażikament riduha teqridhom.. Però jekk joqtluhom mill-ewwel ma kienx jintlaħaq l-iskop tagħhom għalhekk l-unika soluzzjoni li kien hemm kienet li jittorturahom għal fuq medda twila ta' żmien.

'It-tfal għaddew minn agunija. Il-ħruxija li saret fuqhom ma tistax tiddeskriviha. B'dan is-swat it-tfal daqu l-kruha tal-ħajja. Sfortunatament il-kruha kellha tiġi estiża.

'Ġurnata minnhom il-mexxejja qalet li t-tfal ordnawlha li riedu aktar innoċenti għax li kien hemm ġa ma kinux qed imantnuhom biżżejjed. Ġara li kellha toħroġ regola ġdida u kellhom iseħħu sensiela ta' atti sesswali u stupri biex in-nisa u t-tfajliet kollha preżenti - bl-iżgħar waħda kienet għadha kemm laħqet xebba ta' tnax-il sena - jinqabdu tqal. Waqt it-tqala, il-mexxejja ngħatat ordni ġdida li t-trabi li jitwieldu jinqasmu f'żewġ kategoriji: dawk li jitħallew jgħixu u dawk li jiġu offruti sagrifiċċju. Imbagħad bdew ġejjin ukoll każi ta' kannibaliżmu… imma ma jeħtieġx inkompli nirrakkonta x'moqżiżeriji iżjed seħħu biex tifhem li dawn in-nies ma kinux stabbli.'

'Nissoponi li l-pittura kienet il-problema?' staqsieni Molserat ironikament.

'L-idea wara l-pittura kien li l-membri preżenti jkollhom speċi ta' mudell biex jaraw il-pożittività fil-ħajja bl-innoċenza ta' dawn it-tfal impittrin. Is-sitwazzjoni madankollu spiċċat perversjoni sħiħa u t-tfal inbidlu f'allat. Mad-daqqa t'għajn kollox juri li dawn ma kinux mentalment stabbli u għaldaqstant il-pittura f'dan il-każ hi meħlusa minn kull ħtija.'

'Imma?' staqsa Molserat konxju li kien fadal punt ieħor.

'Imma meta nstab il-massakru ġiet osservata ħaġa waħda li ġennet lil kulħadd. Id-demm kien għadu jċarċar u jiżżerżaq *lejn* il-kwadru. Kienu fejn kienu l-iġsma, id-demm ħiereġ minnhom minflok waqa' jew waqaf xi mkien fil-qrib - kif jitolbu l-liġijiet fiżiċi tan-natura - kien minflok jitħarrek u jagħmel minn kollox biex jersaq fejn il-kwadru, ikun fejn ikun. Id-demm qisu rabba moħħ u l-kwadru bħallikieku kien qed jgħajjatlu.

'Meta lix-xebba staqsewha jekk kellhiex xi spjegazzjoni, kulma qaltilhom li t-tfal riedu "jgħixu" minn fuq id-demm tal-persuni.'

'Donnha kollha kemm hi ħlieqa,' merieni Molserat jinstema' dubjuż.

'Hekk tinstema' veru. L-aħbar ma tħallietx tixxandar fuq l-aħbarijiet biex jiġi evitat li iżjed imġienen jiġu jfittxu l-post. Vera ftit nies jafu x'seħħ hemm isfel. Il-pulizja għalqu l-post b'mod permanenti u ħadd ma jista' jersaq 'l hemmhekk.'

Ħallejt ftit sekondi jgħaddu kemm nagħti ċans is-silenzju jinxtered bejnietna.

'Nissoponi li issa tajtni t-tagħrif kollu neċessarju?'

Ħakkejt geddumi u mejjilt rasi.

'Hawn ħafna fuq xiex titkellem kieku. Għaldaqstant wasal il-mument li nitkellmu fuq il-famuż inċident ta' Dryder u kif dan kollu jista' jiġi assoċjat miegħu.'

'X'taf fuq l-inċident?' staqsieni Molserat kurjuż.

'Darba minnhom meta kellha xi tlieta u għoxrin sena siefret ma' xi ħbieb u marru l-Karibew. Kellhom iqattgħu tliet ġimgħat hemmhekk.

Lejl minnhom ħarġu jixorbu u milli jidher ħadu xi ftit żejjed. Lanqas felħu jaslu lura fl-appartamenti tagħhom; raqdu fejn kienu, li kien ġo ġnien ftit metri 'l bogħod mill-eqreb residenza. Malli qamu l-għada, apparti uġigħ ta' ras jaqsam, skoprew li Dryder ma kinetx fejnhom. Minnufih ippanikjaw u bdew ifittxuha mal-irkejjen kollha. Wara ftit sigħat iddeċidew li jinvolvu l-pulizija u t-tfittxija nfirxet. Fl-għodwa ma kellhomx suċċess u inqas filgħaxija.

'Wasal il-lejl u t-tfittxijiet komplew. Reġa' sebaħ u reġa' dalam. Sadattant ġew involuti aktar nies u minn grupp ta' xi għaxra f'ġurnata, l-ammont tela' għal ħamsin fil-jum ta' wara.

'Fittex u ġib lil min ifittex, din l-imbierka Dryder ma setgħux isibuha. Sħabha tista' tgħid li ħlew il-kumplament tal-vaganza b'qalbhom maqtugħa u jaraw xi skuża se jivvintaw għall-ġenituri. Imbagħad jumejn qabel it-tluq, b'miraklu nstabet.

'Kien hemm xi ħadd mil-lokali li ħareġ jimxi u xi żewġ mili bogħod minn daru ltaqa' mal-ġisem ta' Dryder. Dlonk ittieħdet l-isptar u sħabha kollha marru jaraw xi ġralha. Imma Dryder - minkejja li ħajja - kienet mitlufa minn sensiha. It-tabib eżaminaha malajr u ra li kienet waqgħet f'koma profonda. Fuq ordni tiegħu, Dryder ma setgħetx titħarrek minn postha għall-ebda raġuni. Sħabha waslu f'punt li kellhom jiddeċiedu jibqgħux hemm jew jitilqu. Waħda minnhom offriet soluzzjoni li tibqa' weħidha u ntlaħaq kompromess.

'Il-ġenituri ġew mgħarrfin imma ordnawlhom biex jibqgħu fejn huma sakemm isibu mezz li jħarrku lil Dryder mill-Karibew għall-Ingilterra. Insomma, wara ħafna kumplikazzjonijiet sar l-aħħar vjaġġ u Dryder setgħet toqgħod tiġi osservata mill-qrib.

'Il-każ tagħha baqa' għaddej u nfetħet investigazzjoni. Sar magħruf li ma ġietx stuprata u li lanqas kellha ksur fl-ebda parti minn ġisimha. Bażikament kienet qisha f'sakra kbira u ma setgħetx tqum.

'Filwaqt li ħadd ma jaf eżatt xi ġralha f'dak il-lejl u kif spiċċat daqshekk 'il bogħod, wara li nstabet Dryder ma baqgħetx l-istess persuna.'

'Spiċċat f'koma għal għaxar snin,' tenna Molserat, mimli diqa. 'Sfortunatament moħħha qatt ma reġa' nġabar mija fil-mija.'

'Meta ġiet f'tagħha kienu qatgħu qalbhom li se jerġgħu jarawha ħajja; kien biss fuq l-insistenza tal-ġenituri tagħha li nżammet taħt osservazzjoni. L-ewwel darba li reġgħet fetħet għajnejha bosta snin wara, apparti l-ferħ li dan ġab miegħu, il-ġenituri tagħha minnufih indunaw li xi ħaġa fiha kienet inbidlet.

'Dryder inħarġet mill-isptar u pprovaw jerġgħu jgħinuha tibni ħajjitha mill-ġdid. B'paċenzja u sforzi kbar qabdet ir-rutina. Sabulha xogħol li ma kienx jirrikjedi ħafna taħbil il-moħħ biex almenu jkollha mezz ta' dħul u biex tedha. Ta' min jgħid li waqt li moħħha kien qed jiġbor il-fakultajiet kollha bażiċi li persuna jrid ikollha, is-sezzjoni kreattiva mhux talli ma mititx imma splodiet. Il-pitturi bdiet tagħmilhom bla kont ta' xejn u fi żmien ftit ġranet kellha l-kapaċità teħles minn gruppi minnhom. L-aġir tagħha ġie osservat u anke x-xogħol li qabdet kellha tħallih għax instabu persuni li kienu lesti jonfqu flejjes kbar biex ikollhom pittura minn tagħha.'

'U dan dam sejjer għal xi ħmistax-il sena oħra, sakemm moħħha beda jgħejja u spiċċat għamlet xi kummiedji li wassluha biex tinqafel f'manikomju.'

'Hawnhekk nissoponi fejn tidhol fix-xena int,' tarraftlu bil-ħlewwa.

'Kont naħdem hemm u sirna ħbieb kbar. Wara li ommha u missierha mietu waqt li ħutha rari kienu jżuruha, jien ġejt l-aktar persuna għażiża għaliha. Miegħi kienet tiftaħ qalbha u tgħidli kollox. Konna nagħmlu sigħat twal nitkellmu flimkien għalhekk dawn il-każi li qed tirrakkontali nafhom ċar daqs il-kristall.'

'Meta kienet tkellmek kienet tidher f'sikitha?'

'Kellha l-mumenti tagħha imma minn kemm kont ilni nkellimha tgħallimt meta kienet tigdeb u meta kienet tgħid il-verità. Għal tal-ewwel kienet tibda tidħaq qisha - skużi - l-belha u taf li qed tgħaddik biż-żmien, għal tal-aħħar kienet tiftaħ par għajnejn daqsiex u tirrakkonta qisha xi persuna anzjana li għandha udjenza tismagħha.'

'Allura dawn ir-rakkonti qalithomlok kollha b'din l-attitudni?'

'Kollha kemm huma. Għalhekk kont qed immerik meta narak li kont qed tistħajjilha xi gidba.'

Possibbli?

'Allura dawn l-inċidenti kollha kif ħadithom?'

'Meta konna nsaqsuha kienet tbiddel il-burdata - ġieli jiddispjaċiha, ġieli tħossha kuntenta. U biex nispeċifika, tħossha kuntenta li l-pitturi tagħha kellhom dak l-effett fuq in-nies.'

'Jiġifieri li qed imutu?!' staqsejtu mbellah.

'Le le ma ridtekx tmur 'l hemm! Li ridt ngħid hu li jkollhom dan l-effett li n-nies jiftakruhom u jitkellmu fuqhom. Wara kollox din hi x-xewqa ta' kull artist. Nerġa' ngħid, ma kellha intenzjonijiet li tweġġa' lil ħadd.'

'Staqsejtuha allura?'

'Xiex?' staqsieni Molserat, kemm kemm mhux jieħu fastidju.

'Jekk kellhiex intenzjonijiet malinni...'

Molserat sabbat idejh it-tnejn fuq il-mejda tant bil-qawwi li apparti li qatagħni minn ġewwa, ix-xemgħa bir-rogħda waqgħet u n-nar intefa'.

Naħseb esaġerajt hawnhekk.

Ma kellix biex inqabbad ix-xemgħa, għaldaqstant issa, ħlief it-tieqa fuq il-ġenb, il-kamra kienet kollha fid-dlam.

'Sur Gramer, jeħtieġ inkellmek.'

Għajnejja ħarsu lejn Molserat imma minkejja li ma stajt nara xejn, f'daqqa waħda nnutajt taqliba.

Dik il-vuċi ma kinetx għadha tiegħu.

Kienet inbidlet... differenti.

'Għidli Sur Molserat.'

Imbagħad ġiet dik id-daħqa mxajtna, mhux naturali, li ma kellhiex postha f'din id-dinja tal-mortali.

Qalbi għamlet tikk.

'Int mhux Molserat!' għedtlu konfuż.

Id-daħqa ssoktat, tidwi, tinfed kull fejn tolqot.

Minnha biss kont ġa naf li ninsab fil-periklu u li jaqbilli nitlaq ISSA qabel ikun tard wisq.

It-Tieni Parti

59

Il-loġika kienet qed tgħidli biex nitlaq imma ġismi bħal qisu weħel mas-siġġu. Kont imħasseb, perpless u skomdu. L-ambjent ta' madwari kesaħ u ħassejt numru ta' preżenzi madwari. Fid-dlam rajt dellijiet jiċċaqilqu u smajt ħsejjes li kapaċi jtellfulek ir-raġuni. Ix-xena dlonk inqalbet fi ħmar il-lejl fejn l-arja marritli.

Għax dak li kien hemm faċċata ma kienx għadu Molserat, minkejja li s-silhouette ma bidlitx forma.

Kien jinħass xi ħadd bil-wisq agħar minnu.

'Qed nara li hemm bżonn nagħmel intervent u li issa nsaqsik ftit mistoqsijiet jien. Fejn tiddejjaq twieġeb naturalment nistgħu naqbżu għall-mistoqsija li jmiss.'

Dik il-vuċi...

Ksieħ u bruda ħerġin minnha.

Ma kinetx il-vuċi ta' Molserat, imma ta' xi ħadd differenti, iżjed malinn. F'daqqa waħda ħassejtni nitlef il-kontroll tas-sitwazzjoni u nispiċċa fuq il-lat ta' ubbidjenza.

'Ngħaddi minnufih għall-ewwel mistoqsija. Min hi Karen Lawson?'

Ġebbidt għajnejja, m'iniex ċert hux nisma' sew.

'Kif skużi?'

'Min hi Karen Lawson?' reġgħet staqsietni l-Vuċi li ma stajtx naħlef jekk kinetx Dryder jew le.

'Karen Lawson... mhux isem li qed idoqqli. Għandi nkun nafha?'

'Żgur li ma tafhiex?'

'Ma jidhirlix. Min hi?'

'Ippermettili, jien qed insaqsik. *Int* trid tweġibni.'

Il-Vuċi tant isserjat li ma kellix mezz biex indur mal-argument.

'Kif ħadt l-impressjoni li jien nafha lil din Lawson?'

'Għandi l-fehma li hi xi ħadd mill-passat tiegħek. Mhux mill-passat qrib, imma remot.'

Waqaft naħseb.

Moħħi mar lura kemm seta' fil-passat. Mit-tifkiriet li kont għadni konxju tagħhom ma stajtx insib informazzjoni relatata ma' dak l-isem. Hekk kif qtajt qalbi nfittex, xengilt rasi.

'Jiddispjaċini, imma dak l-isem veru mhux qed idoqqli.'

Ma tkellmitx; sadattant flejt il-kamra biex nara eżatt x'kien qed jiġri. Kont ċert li ma konniex għadna weħidna imma fiżikament ma rajt lil ħadd preżenti fostna.

'Karen Lawson hu isem li għamlet dan l-aħħar snin. Qabel kienet jisimha Sarah Helson,' spjegat il-Vuċi, mill-ġisem ta' Molserat.

Kien hawnhekk li kelli nieqaf.

Ħarist lejn id-dlam ta' quddiemi harira maħsud.

'Sarah Helson?'

'Tafha hux?'

'Nafha… imma x'għandha x'taqsam ma' din l-intervista?'

'Ma għedtlekx li għandha x'taqsam. Kulma staqsejtek jekk tafhiex biss?'

'Nafha… anke jekk ilni snin twal li kellimtha l-aħħar.'

'Taf għalfejn biddlet isimha?'

Kemmixt xofftejja.

'Nassumi li forsi riedet tbiddel ħajjitha?'

'Tajjeb wisq. U għalfejn taħseb li riedet tagħmel dan?'

'Ħeqq il-loġika tgħid li ma kinetx kuntenta bil-ħajja l-antika tagħha.'

'Għax?'

'Għax?' staqsejt lura inċert fuq kif se nirrispondi.

'Xi ħadd tant werwirha fil-passat tagħha li kellha tibdel l-identità tagħha.'

'Tagħmel sens.'

'Hekk hu. Ħasra li tant ġiet affettwata mit-trawma li dan it-tibdil lanqas ma kien biżżejjed. Bħalissa qiegħda residenti f'St Yvonne Hospital.'

'Spiċċat il-manikomju?' għedtlu mbellah.

'Iva, għax min kien werwirha fil-passat reġa' ġie lura f'ħajjitha.'

'Inkredibbli, kultant il-każijiet kif jerġgħu jirrepetu ruħhom.'

Molserat, anzi/u l-Vuċi, instema' titbissem.

'U int b'dan kollu ma taf b'xejn?'

Ġebbidt għajnejja nissuspetta kliemha.

'U għalfejn għandi nkun naf?'

'Għal raġuni li għadek f'kuntatt magħha, erħilha li mhux kuntatt amikevoli.'

'X'qed tinsinwa?'

'Li għandi quddiemi l-perċimes tad-distruzzjoni tagħha.'

Ma flaħtx ma nsabbatx idejja fuq il-mejda.

'B'liema dritt tiġi...?'

'Jiddispjaċini li qed nakkużak fuq fatti reali. Kelli biss kurżità li nkun naf.'

Kont se nipprova ngiddbu (jew ingiddibha) imma ħassejt li b'daqshekk ma kont se nakkwista xejn.

Mort fuq linja onesta.

'Dak li ġara fil-passat assolutament mhux qed jirrifletti l-futur. Veru li meta kont iżgħar ma kontx wieħed mill-aktar persuni ħelwin, imma minn dak iż-żmien 'l hawn immaturajt ħafna. Il-kuntatt minn ma' Sarah inqata' żmien twil ilu.'

'M'iniex ċert, għax safejn naf jien sal-ġimgħa l-oħra mort tiċċekkja l-isptar. Naturalment il-qagħda tagħha tant kienet ħażina li m'għarfitekx u b'hekk ma nqalax storbju.'

Ksaħt nisma' dan kollu.

'Tidher... maħsud.'

Kif jaf/taf?

'Aktar... aktar għax erġajt ftakart fiha,' qaħqaħt u erġajt ikkomponejt ruħi. 'Jimporta nerġgħu lura għall-intervista?'

'Imma tiċħad dan kollu jew le?' sforzani l-Vuċi.

'Niċħad ħafna minn dak li għedt.'

'Liema parti?'

'Kuntatt riċenti.'

'Mela forsi żball min-naħa tiegħi.'

Mejjilt rasi bi sforz. Iżda qabel ilħaqt tkellimt, Molserat/Vuċi reġgħu fuq l-attakk.

'Għandi mistoqsija oħra, tajjeb għalik jekk insaqsihielek?'

Urejtu/ha li ma tantx kont komdu. Possibbli kont qed nitkellem ma' xi ħaddieħor dan il-ħin kollu? Issa fhimt għala kien hemm il-ħtieġa ta' daqshekk dlam. Is-silhouette baqgħet kif inhi imma l-vuċi nbidlet drastikament. Ħassejtni li ġejt imqarraq u issa lanqas kont qed nagħraf ma' min qiegħed nitkellem.

'Aħjar niffokaw fuq is-suġġett tagħna, li hu *int*,' għedt biex nipprova nżomm l-intervista għaddejja.

'Le naf, imma nissoponi li għad fadallek ħin, u din wara kollox mistoqsija ħafifa.'

Infaħt, għax ma kelli saħħa nagħmel xejn. F'daqqa waħda ħassejtni qisni marbut f'morsa fejn ma stajt ninqala' bl-ebda mod.

'Kollox sew, saqsi.' Għedt lil Molserat/Vuċi kontra qalbi.

'Tiftakar x'kien ġara fis-16 ta' Jannar ta' għoxrin sena ilu?'

'Għoxrin sena ilu kelli għaxar snin. Ma nafx eżatt għalfejn dik id-data tista' tkun partikolari?'

'Tiftakar kelb bl-isem ta' Orion?'

Ma tkellimtx mal-ewwel.

'Kien kelb tar-razza Chihuahua. Il-ġenituri tagħkom xtrawhulkom biex tieħdu ħsiebu. Il-kelb għal xi raġuni aktar kien miġbud lejn ħuk u dan ma niżillekx. L-annimal ridt tippossessah int, jiġri x'jiġri imma l-kelb bħal fatta ma riedx jaf bik. Trabbiet ġo fik għira u waqt li minn barra kont tagħmilha tal-ħelu u li tħobbu, fil-fond ta' qalbek ridt issib mezz kif teqirdu.'

Waqaf, imma jien ma tkellimtx.

'Ġara li nqalgħet sitwazzjoni fejn iddeċidejt li ssib soluzzjoni. Ħuk darba minnhom kellu jsiefer ġimgħa u ta xi istruzzjonijiet lil ommok biex tieħu ħsieb titimgħu. L-ikel tal-kelb kien dejjem ikun ġo pakkett isfar; kellu biżżejjed biex jipprovdi ikel sakemm jiġi lura mis-safar. Kien hawnhekk li ġietek l-idea malinna li teħles minnu u ma teħilx int. Fil-kċina missierek kien iżomm ukoll it-tosku għall-ġrieden. Inzerta li kemm l-ikel tal-kelb u t-tosku kienu jixxiebhu. Qbadt ponn tosku u tfajtu fil-pakkett u ħallejt lil ommok tkompli l-att bla ma tinqabad int. Il-kelb miet wara ġurnata qabel ilħaqtu wassaltuh sal-veterinarju. Trid timmaġina lil ommok tipprova tispjega dan kollu lil ħuk! Biss ħadd ma seta' jwaħħal fik: il-parti tal-bniedem sogħbien tant lgħabtha tajjeb li ħadd qatt ma nduna. Tiskanta kultant kemm il-bnedmin sa minn età żgħira kif kapaċi jaslu għal atti tant krudili li ma tistennihiex fin-natura tagħhom.'

Il-Vuċi waqaf apposta hemmhekk biex jara hux se nżid xi kumment.

Ħarist lejha Molserat perpless.

'Tiċħad dan kollu?' staqsietni affaxxinat bis-silenzju tiegħi.

'*Kif* taf dan kollu?'

Iżda Molserat ma rrispondietx.

'*Kif taf* dan kollu?' erġajt staqsejtha, il-konfużjoni tinbidel qajla qajla f'korla.

'Għandi don li nistudja n-nies. Mhux naqra u nagħmel riċerka fuqhom qabel narahom, kif tagħmel int. Le, xejn minn dan. Jien nistudjahom dak il-ħin stess. Hekk *direttament*. Quddiemi, in-nies jidhru moralment u spiritwalment għarwenin. Ikun hemm ħafna affarijiet interessanti għaddejjin minn taħt; uħud gravi u alla ħares jiġu magħrufa min-nies.

'Int m'intix bin-nieqes. Ilsienek u l-pinna jafu jkunu velenużi, u issa qed nara li dan l-istess velenu mdaħħal sew fil-ġewwieni tiegħek.

'Nixtieq inkun naf aktar dwarek. Eżempju hemm suġġett ieħor li qed jintrigani u se nsaqsik dwaru. Min hi Latana?'

Il-logħba maħmuġa ta' Molserat/Vuċi kienet se tissokta. Filwaqt li jien kont naf ċerti fatti fuq Dryder 'l hemm u 'l hawn, hu kien donnu qed jistudjali ruħi. Qabel ma weġibtha għall-aħħar mistoqsija pprovajt nistudja l-movimenti tiegħu. Dak id-dlam ma kienx qed jagħmilha faċli.

'Latana hi mara li ltqajt magħha, mingħalija, ħames snin ilu.'

'Permezz ta' telefonata hux hekk?'

'Tista' tgħid hekk.'

'Il-laqgħa tagħkom kienet privata... ġo xi bini fl-imwarrab.'

'Kienet laqgħa bħal din, għall-kwiet u professjonali.'

'Tqisha "professjonali" min-naħa tiegħek jew tagħha?'

Is-sarkażmu reġa' ġie f'leħinha.

'Ma nafx eżatt xi trid tgħid biha imma jien żgur li xogħli kont qed naghmel.'

'U wara hi riedet favur.'

'Emminni ma nafx xi trid tgħid biha.'

Molserat smajtha titbissem.

Indunajt li ma belgħethiex.

'Tħobb tilgħabha tal-innoċenti hux?'

Għal darb'oħra pprovajt inżomm pass lura.

'M'hawn ħadd innoċenti fid-dinja.'

'Mela tammetti. U, kurżità, dak li għamiltu tagħmlu ma' kull min tintervista?'

Molserat kienet qiegħda tagħżaq għad-dettalji. Qabadni fuq sieq waħda u ma stajtx naħrab minnu.

'Jiddependi miċ-ċirkustanzi. Hemm min intervista waħda miegħi tkun biżżejjed; hemm min ikun irid aktar minn sempliċi intervista.'

'Milli jidher din Latana riedet daqsxejn iżjed...' it-ton ironiku ta' leħinha beda jirritani.

'Dak li riedet is-Sinjorina Latana huwa miżmum bħala sigriet professjonali. Naturalment irrispettajt ċerti aspetti tad-diskursata tagħna u żammejthom lil hinn mill-paġni tar-rivista. Forsi, għax ma tafx, minkejja li xogħli huwa li noħloq sensazzjoni, xorta nibqa' ristrettiv fuq xi noti li nikteb.'

'Allura ħadd qatt mhu se jkun jaf x'ġara eżatt fil-kantina tagħha hux?'

Ħadt nifs qawwi 'l ġewwa.

Bdejt inħossni aktar skomdu ma' dan... din... dan l-individwu.

Kienet l-ewwel intervista li qatt għamilt fejn l-intervistat kien donnu aktar jafni hu milli jien.

'Donnok sirt taf b'xi ħaġa?'

'Kien hemm episodju. Xejn gravi ifhimni, sakemm tinżamm bejn ftit nies u ftit ħitan.'

Ħassejt il-bidu ta' rogħda ddur fl-istonku.

'Altru qaltlek xi ħaġa hi, jew xi ħaddieħor għoġbu jikxef kollox.'

'Ejja ngħidu li naf li hemm isfel urietek affarijiet li setgħu jaqfluha l-ħabs... anzi x'jien ngħid, ġo sptar mentali. X'kienu dawk l-iskeletri kollha mferrxin mal-art? Annimali? Bnedmin? Jew it-tnejn li huma? X'kien hemm isfel, biċċerija jew post ta' rikreazzjoni? L-intervista tagħha kienet rigward suġġett partikolari ħafna: tatù spiritwali. Tgħid dawk l-għadam kienu kollha parti minn ħlejjaq li esperimentat fuqhom qabel laħqet il-perfezzjoni?'

Ma tkellimtx. Stennieni nirrispondi, imma minflok blajt ir-riq.

'Kemm kien hemm minnhom taħseb?' reġa' staqsietni.

Offrejt biss silenzju.

'Ma fissritlekx għalfejn niżżlitek meta setgħet tevita li turik kollox u tiffranka li tmur titkellem? Le naħseb kien hemm skop. Riedet tittestja. Għamlitlek tatù?'

Bdejt nheżżeż snieni.

Il-polz ta' idi l-leminija beda juġagħni. Qabel ma kelli ċans nikkontrolla lili nnifsi, għoroktu b'idi x-xellugija.

'Għamlitulek fuq il-polz?' qalet Molserat affaxxinat. 'Kif ħassejtek?'

Erġajt ma tkellimtx.

Molserat daħqet.

'M'hemmx xi tgħidli. Esperimentat fuqek u rnexxielha. Mhux kulħadd ikollu l-istess xorti.'

Iddeċidejt li nrattab l-argument.

'Tinstema' qisek kont xi... klijent.'

Molserat instema' jidħaq.

'Dik il-mara mhux prudenti. U ngħidlek id-dritt kurjuż fuq x'setgħu talbuk nies oħra li intervistajt. Imma minflok nixtieq inkun naf aktar *fuqek*. Eżempju ħa ngħaddi għal mistoqsija oħra forsi jirnexxili nieħu risposta sewwa: X'kienet dik l-imħatra li għamilt ma' Torias Lukem?'

Torias Lukem!

Bdejt inħossni ħażin...

'Tiftakar nissoponi.'

In-nuqqas ta' kliemi kien qed jittradini.

'Kellkom xi mħatra meta kontu żgħar. Jekk mhux sejjer żball sfidajtu lil xulxin biex tgħaddu lejl ġo dar. Kienet xi waħda minn dawk l-abbandunati f'Saron Camp.'

Tani ċans biex nitkellem imma bqajt mutu.

'Donnok altru ma tiftakarx jew m'intix tiddejjaq li qed nirrakkonta l-ġrajja,' sostna jagħfas fuq is-sarkażmu rritanti tagħha.

'Kif...' kulma flaħt ngħid.

'Kif? Smajtek sew tgħid "kif"? Jiġifieri trid tgħid... "kif naf"? Imma safejn naf jien ġa rrispondejtlek dik il-mistoqsija.'

Ir-rogħda li kelli fl-istonku bdiet tikber imma pprovajt kemm nista' nibqa' kalm.

'Naf li għedtu lil kulħadd li sejrin lejl kampeġġ biex ma joqogħdux iġennukom kif se tgħaddu lejl barra. Mortu fid-dar u ddeċidejtu li tintefgħu fil-kamra tas-salott. Ħadtu magħkom xi karti u logħob ieħor biex tgħaddu l-ħin.'

Ix-xita kienet għadha nieżla iżda lanqas kont qed nagħti kasha.

'Kollox kien sejjer sew sakemm Torias fettillu jmur jiċċekkja l-attiku. Id-dar ma kienx fiha elettriku u għalhekk bl-għajnuna tat-torċijiet mortu tinvestigaw. S'issa kontu bil-lampa tal-pitrolju li kontu ġibtu mid-dar ta' nannuk.

'Tlajtu fl-attiku u dortu mal-post. Ma sibtu xejn partikolari. Bdejtu tiddiżappuntaw ruħkom għax din l-attività singulari bdiet bi premessa wara li kien ilkom xhur tisimgħu kemm kienet tal-waħx. Iddeċidejtu li dduru lura...'

Qalbi bdiet tħabbat sitta sitta.

'...sakemm għajnejkom marru fuq xi ħaġa tawwalija li kienet mgħottija b'liżar abjad.'

Blajt ir-riq b'ħatfa.

'Skoprejtu mera. Mera ovali li kienet għadha sħiħa. Torias mingħalija kien qallek: "mera normali, xejn ta' barra minn hawn". U int għedtlu: "Forsi naraw xi ħares ġo fiha jew xi ħaġa tiċċaqlaq jekk noqogħdu nħarsu lejha".

'Bħal boloh intfajtu tħarsu. Wara qisu xi minuta qbadtu xxejru jdejkom u tgħajbu r-riflessi tagħkom. Is-sitwazzjoni kienet komika.

'Ġrat imbagħad ħaġa li ma kontux qed tistennew. Ir-riflessi tagħkom waqfu.'

Qalbi għamlet tikk.

Kif ix-xjafek kien jaf?! Min kien dan l-imniefaħ bniedem biex kien jaf din il-ħaġa li kemm jien kif ukoll Torias qatt ma semmejna lil ħadd?

Rani niċċassa lejh u nduna li ħakimni fuq sieq waħda.

'Ir-riflessi tagħkom waqfu hux?'

'Waqfu kif?' staqsejtu, mingħalija se mmerih.

'Ifhem, intom iċċaqlaqtu lura, u huma baqgħu mwaħħlin fejn kienu. Ma kinetx mera maġika, imma r-riflessi tagħkom ma kinux qed jobdu l-fiżika. Qishom... ħadu ħajja għalihom.'

'Id-dawl tat-torċ kien qed jittradina.'

Molserat instemgħet interessata.

'Tassew? Jiġifieri meta ħriġtu minn hemm kull mera li ġejtu quddiemha r-riflessi tħarrku normali hux?'

Mejjilt rasi.

'Tant kemm l-esperjenza xxokkjatkom li ma kellimtu lil ħadd fuqha. Biż-żmien intesa kollox. Ifhem, ma kontx ħa noqgħod inħabbel rasi għax rifless ħa ħajja differenti f'mera meta fl-oħrajn kollha kien qed jirreaġixxi sew. Hux hekk?'

'Dik id-dar ma kinetx normali. Sidienha mietu f'inċident tat-traffiku.'

Kienet l-ewwel ħaġa sura li rnexxieli ngħid.

'Fhimtek. Hawn djar b'ċerta attitudni nammetti. Żort minnhom f'ħajti u wegħedt lili nnifsi li ma nerġax nidħol fihom. L-atmosfera turik li m'intix apprezzat bħala mistieden.'

Dak il-ħin naħlef li smajt ħoss stramb ġol-kamra bħallikieku kien hemm udjenza tħares lejna. Naħlef li moħħi ma kienx qed jiġri bija.

"L-atmosfera turik li m'intix apprezzat bħala mistieden." Dak il-ħin eżatt hekk ħassejtni.

'Nistgħu nkomplu?' Għedtlu biex nevita malajr aktar suġġetti minn din ix-xorta.

'Iva mela, imma mistoqsija oħra malajr malajr. Xi ħadd qatt sar jaf b'dak li ġara ġo North Park?'

Din id-darba kont jien li sabbatt idejja fuq il-mejda.

'Jekk ma jimpurtax jien li qed nagħmel l-intervista mhux int!'

Molserat ma tħarrikx.

'L-irġulija titlob li tweġibni lura daqskemm jien weġibtek, anke jekk ħassejtni skomda.'

Infaħt waħda kbira.

'Għidli x'taf.'

'Meta kont għadek tmur il-kulleġġ, darba fost l-oħrajn int u sħabek iddeċidejtu li tmorru kampeġġ f'North Park. Il-pjan kien li tinqatgħu għal tmiem il-ġimgħa mill-ħajja urbana. Kontu xi ħamsa.

'Lejl minnhom, meta kulħadd kien rieqed, ma stajtx torqod u ddeċidejt li tqum tagħmel mixja. Qbadt torċ peress li ma kienx sema ċar u rħejtilha lejn in-nixxiegħa li kien hemm fil-qrib. Hemmhekk iltqajt ma' persuna li ħsibtu qiegħed jixrob mill-ilma. Kont għedtlu li l-ilma mhux tajjeb għax-xorb, imma hu wieġbek li l-aqwa li kien frisk. Iżda l-aktar interessanti x'qallek wara. Għandu jkun bassarlek il-futur hux veru?'

'Qal xi ħaġa...' għedtlu bi sforz.

'U żgur li qallek. Tliet affarijiet biex inkunu preċiżi: li se ssir ġurnalist; li se tiltaqa' ma' dak li se jkun magħruf bħala l-Bhima ta' Early Shadow; u li se jkollok avventura ġewwa Rosam.'

Aktar ma kien qed jgħaddi ħin hemm ġew aktar ma kienx qed jogħġobni l-mod ta' kif l-affari daret fuqi... u kontrija. Minkejja li donnu kien jaf ħafna, ridt noqgħod kalm u ma nurihx li qed iddejjaqni bi kliemha.

'Nammetti li tnejn minnhom laqathom; u biex inkun għedt kollox dik l-intervista li kelli mal-Bhima għadha sal-lum misteru kif żvolġiet. Min kellu jgħidli li...' u waqaft hemm. 'Stajt jien stess spiċċajt mejjet dakinhar...'

Il-ħsieb veru kien qed ikexkixni.

'Kulma fadal din il-biċċa ta' Rosam.'

'Għalfejn int daqshekk interessat fiha?'

Xenglet rasu.

'Mhux li jien interessat; aktar għax qatt ma smajt b'Rosam. Donnu xi post ivvintat.'

'M'iniex ninkwieta jien fuqha, qed titħasseb int li m'għandekx x'taqsam?'

Smajtha jidħak.

'Jimporta nerġgħu nduru għall-intervista oriġinali?'

'Nista' nistaqsik mistoqsija oħra?'

Kont se nibgħatha jixxejjer.

'Naħseb li staqsejtni ħafna aktar milli kien hemm bżonn.'

'Oħra tal-aħħar u ma ndejqekx aktar.'

Irnexxielu tikkonvinċini.

'Kemm hawn nies jafu li għandek kanċer jikber ġo fik?'

'XIEX?!'

Ftaħt idejja beraħ imma ma ċaqlaqtx difer minn posti... ma stajtx... ma flaħtx.

Kont ixxukkjat mhux għax ma jafux in-nies, kont ixxukkjat għax lanqas jien ma kont naf!

Tant ħadtha għall-għarrieda li ħassejt il-kamra ddur bija. Ma flaħtx nisma' aktar.

'Jekk inhi xi ċajta mhux tad-daħk.'

'Ma kinetx intenzjonata bħala ċajta,' qaltli hu serjament.

'U int kif taf bħalek dan kollu? Din żgur li ħadd ma jaf biha! La jien, aħseb u ara ħaddieħor!'

'Tista' tmur tiċċekkja...'

'Ara ma mmur niċċekkja xejn. L-ewwel nett ma nafekx u m'intix se ddaħħalli flieles f'rasi. Jekk jogħġbok agħmilli favur u żżidx kelma oħra qabel ma nsaqsik jien.'

Kont urtat u rrabjat għalih. Tista' tagħtini tort?

'Tajjeb wisq,' kulma qalli. 'Tista' tkompli.'

Infaħt biex nikkalma.

L-intervista *suppost* kellha tkompli li kieku mhux għax rasi kienet qed titqal u ma ħassejtnix sewwa.

L-atmosfera t'hemm ġew riedet tirremettini 'l barra.

'Kollox sew Sur Gramer? Qed narak... mhux f'postok,' qaltli Molserat.

'Int ċert li aħna t-tnejn biss hawn f'dan il-bini?' staqsejtu għall-ewwel darba, minkejja li l-ħsieb kien ilu f'moħħi żmien.

'Jien, int u s-servi,' qalli b'ton serju.

Ma kontx qed nemmnu. Is-sensazzjoni li qed niġi spijat kienet qed tikber kull minuta li tgħaddi.

'Għala din il-mistoqsija?'

'Għandi l-impressjoni li qed iżżomm dan id-dlam kollu apposta biex tgħatti aktar nies,' għedtlu bi ftit paniku.

Molserat tbissmet.

'Għandek fantasija qed tiġri wisq bik. Jien persuna li nħobb noqgħod fid-dlam; għax fih insib il-kwiet u l-kalma li jkolli bżonn wara ġurnata storbju. Naħseb int ukoll torqod fid-dlam hux hekk?'

'Hemm dlam u hemm dlam...' kulma għedtlu.

Naħseb li fehemni għax ma staqsietnix xi rrid infisser.

'Qed nistenniek tkompli l-mistoqsijiet.'

Qbilt miegħu... imma għalkemm ipprovajt, ġismi - f'daqqa waħda - ma riedx jaf b'koperazzjoni.

Rani mifxul.

'Sur Gramer jekk trid li forsi nieħdu brejk...' offrieli Molserat.

Xengilt rasi.

Minn fejn kienet ġejja dik ir-rogħda kollha?

'Jekk m'intix tħossok sew lest li noffrilek xi ftit ilma jew inkella xi xarba. Għandi pilloli wkoll jekk-'

'Qiegħed sew,' qtajtlu malajr diskorsitha.

'Tajjeb wisq,' qalli jerfa' jdejh iċċedi l-armi. 'Mela kemm nisma' mingħandek. Ħu l-ħin tiegħek, m'għandniex għaġla.'

Mejjilt rasi u erġajt ipprovajt nistaqsih mistoqsija oħra.

Sadanittant faqqgħu żewġ sajjetti oħra.

'Kif?' għedtlu ngħajjat.

'Skużi?' staqsieni lura.

'X'għedtli?'

'Għedtlek: "ħu l-ħin tiegħek, m'għandniex għaġla".'

'Le wara dik...'

'E...'

'Smajtek issemmi xi ħaġa waqt li faqqgħu s-sajjetti.'

'Lanqas għedt nofs ta' kelma! Forsi immaġinajtni nkellmek?'

'Le, għedt xi ħaġa żgur. X'kienet?'

Molserat poġġiet idejh it-tnejn fuq il-mejda.

'Sur Gramer naħliflek li ma għedt xejn. Qegħdin żewġ persuni biss - is-sefturi mhux qegħdin hawnhekk, fil-kamra jiġifieri - u jekk ma titkellimx int u ma għedt xejn jien nassigurak li silenzju biss ikun hawn.'

Imma żgur li smajtu jgħidli xi ħaġa.

Erħilha għax qed nitlef il-ħin.

Però ma rnexxielix nikkonċentra fuq il-mistoqsija. Naf li tinstema' ħaġa banali imma ġismi donnu tilef kull kontroll tiegħu nnifsu u lanqas flaħt nuża lsieni kif irrid.

Wara ftit sekondi oħra ta' sforz - fejn Molserat deher intrigat aktar milli nkwetata - iddeċidejt li nieħu brejk kif issuġġerixxa. Imma ma kontx biħsiebni noqgħod ġo dak il-bini. Kien hemm xi ħaġa - preżenza jekk tridu - li ma riditnix hemm ġew għal aktar ħin.

Issapportietni biżżejjed.

Xaqq l-għaraq għalija.

Daqshekk! Ma jistax ikun!

'Sur Molserat?'

'Għidli Sur Gramer.'

'Jimporta jekk nieqfu għal-lum?'

'F'idejk Sur Gramer.' Imbagħad rajtu jdawwar rasu lejn it-tieqa. 'Int taħseb li kapaċi ssuq lura? Ma tantx hu temp sabiħ. Lest li noffrilek kamra hekk kif ġew iċ-ċirkostanzi.'

Taħt it-ton amikevoli u serju kellu ħarira ta' malinnità li ma kontx se naqa' għaliha.

Id-deċiżjoni tiegħi kienet li nitlaq.

F'ħin minnhom ħarist lejn il-pittura tal-mara Franċiża u kien f'dak il-waqt li vera ksaħt.

Kienet qed *tiċċaqlaq*; ħalqha, għajnejha, rasha... il-kwadru kien ħaj!

'Kif jista' jkun?!' għajjatt fost ġenn ikrah li faqagħli moħħi.

Il-mara Franċiża kienet qed tidħak u magħha diversi ilħna oħra. Ma flaħtx inżomm iżjed; ġismi fl-aħħar inqala' minn mas-siġġu u ġbart kollox malajr. Tlaqt minn ġol-kamra bla kliem u bla sliem, lanqas indenjajt insellmilha lil Molserat.

Kelli għalfejn?

5

It-triq lura ġrejtha, kemm fuq saqajja u kemm bil-karozza.

Veru li l-maltemp kien tqawwa imma ħassejt li jekk ma nsuqx qisni l-miġnun ma kontx neħles minn dak l-inkubu.

Dik il-villa sempliċement ma riditnix hemm ġew.

Kont imdorri niltaqa' ma' nies biżarri li ġieli messewli xi nerv. Molserat ħassejtu dieħel direttament f'ruħi. Ħadd qatt m'azzarda daqshekk. Filwaqt li oħrajn kienu jipprovaw jaqtgħu d-dgħjufijiet tiegħi, Molserat donnha kienet tafhom bl-amment.

Fejn is-soltu kont immur lest qisni xi tank tal-gwerra, illum ħassejtni nitneżża'.

Ma kontx komdu; il-maltemp ta' hawn barra kemm kemm ma ħassejtux isabbarni.

Ħriġt għal fuq il-highway.

Faqqgħu xi sajjetti...

Dak x'rajt fis-sema?

Wiċċ?

Kien wiċċ uman imma...

Dik id-daħka mxajtna.

Molserat ma ħallejthiex warajja.

Kien ġo moħħi. Parti minni.

Għafast aktar il-gass anke jekk kont naf li dan kien qiegħed ipoġġini fil-periklu li nitlef il-kontroll u naħbat.

Min kien tassew Molserat? Min kienet tassew Dryder?

Umani?

Bhejjem?

Misteru?

Iva, fiż-żgur li kienu bnedmin misterjużi.

Misterjuż daqs dik il-mara Franċiża, pittura ta' artist anonimu li kienet sabiħa daqskemm issa saret disturbanti.

Imbagħad għaddieli ħsieb...

Il-mara kienet qiegħda...tispijani.

Imma kif jista' jkun? Jew Dryder kienet qed tispijani permezz tagħha?

Evan qed tħawwad!

Imbagħad rajt dawl qawwi jteptep u ħoss ta' ħorn ġejjin minn trakk kbir tal-merċa li kien qed isuq warajja. Kif rani qed insallab min-naħa għall-oħra tat-triq ipprova jagħmilli sinjal biex nerġa' nieħu l-kontroll tal-vettura.

Ġejt f'sensija u r-riflessi tiegħi ġagħluni nagħfas il-brejk f'kolp.

Ir-roti kienu wisq imxarrba biex jieqfu minn jeddhom.

Il-karozza żelqet.

Irnexxieli nevita kwalunkwe vettura oħra imma mhux l-istess nista' ngħid għat-tarf tat-triq...

Waqaft biss wara li smajt tifrika kbira.

Epilogu

76

Kienet ilha qisu nofs siegħa tħares lejn il-kwadru meta fl-aħħar inqatgħet minn miegħu għax ġibdulha l-attenzjoni grupp ta' tfal. Ix-Xebba ħarset lejn il-grupp u lejn il-mara li kienet qed tieħu ħsiebhom. Indunat li kienu studenti tal-arti akkumpanjati mill-għalliema tagħhom.

'Ici nous trouvons une autre peinture de l'artiste connue sous le nom de Dyleen Dryder,' kienet qed tgħid l-għalliema.

Ix-Xebba baqgħet hemm issegwi.

'La peinture dépeint (Il-pittura turi) żewġ persuni bilqiegħda faċċata ta' xulxin f'kamra mudlama fejn hemm biss żewġ sorsi ta' dawl: tieqa fin-nofs u xemgħa fuq in-naħa tal-persuna li qiegħda mal-lemin. Il-fażi tal-ġurnata hi billejl u barra għaddejja maltempata, għaldaqshekk id-dawl hu batut ħafna u l-unika ħaġa li tidher xi ftit ċara huma l-fattizzi tal-persuna fuq il-lemin. Kif qed taraw, huwa raġel. Biss il-persuna fuq ix-xellug tibqa' mhux identifikabbli u ħadd ma jista' jaqta' hux raġel jew mara. Hemm min isostni li Dryder poġġiet lilha nnifisha bħala l-intervistata, imma l-evidenza mhux konklussiva.

'Kif ġa tafu Dryder hu l-laqam ta' persuna li xtaqet iżżomm l-identità tagħha sigrieta. Nafu fuqha biss mill-pitturi li ħalliet warajha imma rigward ħajjitha, din tibqa' misteru...'

L-għalliema baqgħet tispjega - tixħet xi ċajta kultant - sakemm rat li qalet kollox u dlonk tħarrku lejn pittura oħra.

Ix-Xebba wkoll tbissmet għaċ-ċajt tal-għalliema, u ħassitha intrigata mill-mod kif spjegat il-pittura... imma kien hemm ħaġa li vera laqtitha..

F'ħin minnhom innutat student iħares lejn il-pittura fejn kien hemm ir-raġel bix-xemgħa. Il-ħarsa tiegħu kienet waħda attenta, iċċassata, bħallikieku ra xi dettall li impressjonah. Imbagħad xħin tħarrku semgħet lil siebu jistaqsih minn taħt l-ilsien:

'Kemm kont attent għall-pittura qed ngħid!'

'Donni rajt ir-raġel jiċċaqlaq,' qallu dan b'nofs tbissima.

Ix-Xebba reġgħet ħarset imma ma rat xejn barra minn postu.

Iddeċidiet li tkompli tara l-pitturi l-oħra.